Kohl- und Pinkelgeschichten

Hermann Gutmann

Kohl- und Pinkelgeschichten

... und warum Männer so gern ohne ihre Frauen auf eine Kohlfahrt gehen

Edition Temmen

Titelillustration: Peter Fischer

28209 Bremen - Hohenlohestr. 21
Tel. 0421-34843-0 - Fax 0421-348094
info@edition-temmen.de
www.edition-temmen.de

Herstellung: EDITION TEMMEN

ISBN 3-86108-175-X

Inhalt

Von Bremer Bischöfen, Kaiser Wilhelm,
Theodor Heuss und meiner Großmutter 7
Grün- oder Braunkohl 17
Kohl - im Dunkel der Vergangenheit 19
Das Kohlmärchen im Internet 23
November 26
Eindrucksvolle Kohllandschaft 29
Wie der Oldenburgische Forst- und
Wildmeister Ahlers den Kohl durch
den Winter bringt 31
Vorsicht vor Schießpulver 34
Pinkel - ein Kapitel, das kein Ende nimmt 35
Bremer und Oldenburger Pinkel 43
Schießende Pinkel 46
Pinkel-Philosophie 48
Speck 49
Der Bauch 50
Das Kasseler ist ein Berliner 52
Kochwürste 54
Kartoffeln 57
»Ick seh di!« 59
Rotwein zum Kohl 61
Doppelte Portion 63
Kohlfreuden 65
Kohl-und-Pinkel-Fahrt 67

Kohl-und-Pinkel-Tradition 69
Kohlfahrten ohne Frauen 72
Kohl-und-Pinkel-Pflichten 75
Die Ostfriesen haben es gut 78
Das Naturheilverfahren 79
Genug 80
Dekadent 82
Dienstlich essen macht nicht dick 83
Nichts gegen Steinbeißer 84
Kohl und Pinkel und der neue Audi 85
Da kannst dich an gewöhnen 87
Freimarkt und Kohl-und-Pinkel 89
Aphrodisiakum 92
Eislauf 96
Ernstes über Kohl aus Diepholz 98
Ostfriesisches Kohlessen 101
Kohlsuppe mit Bratwurst 103
In der Heimat Till Eulenspiegels 104
Kohl und die pommerschen Gänse 106
Grünkohl in Dresden 108
Des Königs Leibspeise 109
Kohlfrikadellen 110
Prager Braunkohl - auf bremische Art 112
Wo Geishas Braunkohl servieren 114
160 Pinkelwürste für Schanghai 115
Braunkohl im spanischen Galicien 118

Von Bremer Bischöfen, Kaiser Wilhelm, Theodor Heuss und meiner Großmutter

Meine Großmutter stammte aus dem Holsteinischen, wo man kulinarische Freuden nicht gerade zimperlich genießt, wenn auch anders als im Bremischen. Dennoch pflegte sie mit einem Seitenblick auf ihren Mann Georg, meinen Großvater, zu sagen: »Freeters ward nich born. De ward uptrocken!«

Dazu müssen Sie wissen, dass meine Großmutter in Kiel-Diedrichsdorf, wo sie aufgewachsen war, einen Bremer heiratete. Den hatte das berufliche Schicksal an die Ostsee verschlagen, was aber nicht von Dauer sein sollte.

Gleich nach dem Ersten Weltkrieg, den mein Großvater als Angehöriger des Infanterie-Regiments »Bremen« Nr. 75 - nicht ohne Schaden zu nehmen an Körper und Seele - in den Schützengräben Frankreichs verbracht hatte, war er zusammen mit seiner Familie von Kiel nach Lehe an der Aue gezogen, was heute Bremerhaven-Lehe heißt.

Dort nun, in der Kaiser-Wilhelm-Straße in Lehe, 60 Kilometer von seiner Heimatstadt entfernt, hatte er seiner Frau in einer über weite Strecken nahrhaften und bis zum Schluss glücklichen Ehe die Lebenserfahrung über die »Freeters« vermittelt.

»Fresser«, wenn dieser Ausdruck hier einmal aus Übersetzungsgründen benutzt werden darf, werden nicht geboren. Sie werden aufgezogen, sozusagen zum Vielesser erzogen.

Jeder weiß, zumindest in unserer Familie, dass meine Großmutter infolge ihres holsteinischen Magens durchaus geneigt und in der Lage war, ebenfalls gern gut und viel zu essen.

Einmal im Jahr allerdings erfasste sie - damals wohnte sie schon in Lehe an der Aue - grenzenloses Erstaunen über das Fassungsvermögen bremischer Mägen. Das war während der Kohl-und-Pinkel-Zeit, die meine holsteinische Großmutter, so lange sie in Kiel lebte, nicht gekannt hatte. Und eben diese Erfahrung brachte sie auf den Gedanken, dass eine solche Gefräßigkeit nicht naturgegeben sein könne.

Es konnte allerdings nie geklärt werden, ob ihre kritischen Überlegungen und Äußerungen einzig und allein bestimmt wurden von der Fähigkeit ihrer bremischen Umgebung, beim Kohl-Konsum Unübertreffliches zu leisten. Oder ob sie insgeheim beeinflusst wurden von der unüberwindlichen Abneigung meiner Großmutter gegen die hiesige Art, den Kohl zuzubereiten.

Im Holsteinischen wird ja tüchtig Zucker auf den Kohl gestreut. Dazu gibt es dann gezuckerte Röstkartoffeln.

War das also schon ein Grund, sich dem ungezuckerten bremischen Kohl mit aller Vorsicht zu nähern, so verschlug es meiner Großmutter - als sie von der zumindest akustisch anrüchigen Existenz des Pinkels erfuhr - im wahrsten Sinne des Wortes die Sprache. Und das, obwohl mein Großvater sie sehr schonend darauf vorbereitet hatte.

»Frieda«, hatte er gesagt. »Wir haben ja nun jahrelang in Kiel gewohnt, und ich hab mich da immer wohl gefühlt, und ich will auch gar nichts gegen eure holsteinische Küche sagen. Schweinespeck gibt's da ja auch, Gott sei Dank. Aber unseren bremischen Braunkohl, den könnt ihr nicht. Und weiß du, was ich mir zum nächsten Sonntag wünsche? Kohl und Pinkel!«

»Georg!«, rief meine Großmutter daraufhin ganz entsetzt. »Lass das die Kinder nicht hören!«

Und danach wäre sie beinahe in Ohnmacht gefallen, denn so ein schreckliches Wort hatte sie im Sprachschatz ihres Mannes nicht vermutet.

Der aber beschwichtigte sie. Er erklärte ihr, dass Pinkel etwas sehr Anständiges sei, was man beim Schlachter kaufen könne. Und Pinkel gehöre im Bremischen zum Kohl, wie - nun, wie man im Holsteinischen Zucker auf den Kohl streue. Was er, wenn er mal ehrlich sein solle, ganz scheußlich finde.

»Du hast den Kohl aber gegessen«, sagte meine Großmutter. »Und die Kartoffeln auch.«

»Ja«, antwortete er. »Aus Liebe. Nicht zu dem gezuckerten Kohl, sondern zu dir. Und nun erwarte ich auch von dir ein Opfer, obwohl das überhaupt kein Opfer ist. Denn - du wirst sehen - über Braunkohl und Pinkel geht nichts.«

Und da musste er meine Großmutter schon wieder stützen, weil ihr ganz schlecht wurde.

Am nächsten Sonnabend aber ist sie zum Schlachter gegangen. Sie hat Kasseler gekauft, Bauchspeck und Kochwurst. Mehr nicht. Denn das Wort Pinkel ist ihr nicht über die Lippen gekommen.

Noch viele Jahre später hat sie das Entsetzen meines Großvaters geschildert, von dem er gepackt worden war, als er vor dem Teller mit Kohl ohne Pinkel saß. Meine Großmutter musste schwören, dass sie so etwas nie wieder tun werde.

Wenn fortan Kohl-und-Pinkel bei meinen Großeltern in Lehe auf dem Speiseplan stand, und das war im Winter häufig, weil mein Großvater darauf bestand, ging meine Großmutter immer zum Schlachter nebenan. Zu dem hatte sie ein gutes Verhältnis aufgebaut.

Dort nun zählte sie auf, was sie an Fleischzutaten für ein ordentliches Kohl-und-Pinkel-Essen brauchte: Kasseler, Bauchspeck, Kochwurst und – zum Schlachter gewandt, fragte sie ein bißchen scheinheilig: »Habe ich noch etwas vergessen?«

Und der Schlachter antwortete: »Ja, Frau Bädeker, Pinkel gehört ja nun wohl auch dazu.«

»Ach ja, richtig«, sagte meine Großmutter erleichtert, und der Schlachter zwinkerte ihr zu. Er wusste, dass meine Großmutter das Wort nicht aussprechen mochte.

Nach dem Tode meines Großvaters im Jahre 1924 stand Kohl-und-Pinkel zunächst auf dem Index.

Später allerdings, als meine Mutter, die Tochter meiner Großmutter, für die Sättigung einer größeren Familie sorgen musste, kam Kohl-und-Pinkel wieder zu Ehren, wenn auch nur dann und wann.

Für mich bekam ein Kohl-und-Pinkel-Essen erst nach meiner Umsiedlung nach Bremen den ihm gebührenden Sinn. Denn Kohl-und-Pinkel ist nicht nur ein Sättigungsmittel. Kohl-und-Pinkel ist eine Weltanschauung.

Außerdem ist Kohl gesund.

***

Was wir von den Alten lernen können

Schon im klassischen Altertum war Kohl nicht nur eine kulinarische Spezialität.

Die alten Griechen hielten ihn sogar für eine Medizin, und der ältere Cato, der zwar kein alter Grieche war, dafür aber ein alter Römer, soll Kohl als ein Allheilmittel gepriesen haben.

Auch hierzulande, im Germanischen, wurde dem Kohl schon in vorchristlicher Zeit eine große Heilkraft zugeschrieben, und die Oldenburger sagen noch heute: »Zur Kohlzeit kann der Doktor auf Reisen gehen.«

Man glaubte, mit Kohl Geschwüre entfernen und Alkoholismus beseitigen zu können.

Dieses steht übrigens nicht im Widerspruch zu unserer Praxis, dem Kohl Alkohol als Begleiter hinzuzugesellen. Wer ein Mittel gegen Alkoholismus einnimmt, braucht ein paar Schnäpse nicht zu fürchten.

Kohl benutzte man im Nordwesten schon vor Christi Geburt als Mittel gegen Kopfschmerzen, was aber nur bedingt nachprüfbar ist, weil Kopfschmerzen meistens am Tage nach einer Kohl-und-Pinkel-Fahrt aufzutreten pflegen. Und dann ist kein Kohl mehr da.

Was für die Menschen gut ist, das ist auch gut für das Vieh. Wir wissen, dass sich der Mensch in früheren Zeiten den Braunkohl einträchtig mit dem Vieh geteilt hat, wenngleich er auch die besten Stücke für sich behielt.

Kohl war ein Mittel gegen steife Glieder - bei den Schweinen. Und in der Heiligen Nacht musste man Pferden und Kühen Kohl zu fressen geben, damit sie keine Blähungen bekamen.

***

Kohl als zwischenmenschliches Bindeglied

Wann es in der nordwestdeutschen Gegend zum ersten Mal Kohl-und-Pinkel-Fahrten gegeben hat, das wissen wir nicht.

Willehad, der erste in Bremen residierende Bischof, unternahm im Jahre 789 eine Fahrt nach Blexen, dieses aber, um dort die Kirche einzuweihen. Anschließend ist er in Blexen gestorben.

An Kohl-und-Pinkel kann es nicht gelegen haben, denn Willehad aß zwar Kohl, weil es ein Gemüse ist. Pinkel aber lehnte er ab, Kasseler, Speck und Kochwürste sowieso. Für Bier und Schnaps hatte er schon gar nichts übrig.

Ob die alten Bischöfe und Erzbischöfe, die uns Hiesigen das Leben unter anderem wegen ihrer Enthaltsamkeit oder aber wegen ihres verschwenderischen Lebensstils schwer genug gemacht haben, den Kohl als Aphrodisiakum genutzt haben, weiß ich nicht. Obwohl sie noch ohne schrägen Blick nach Rom wie selbstverständlich Kinder gezeugt haben.

Es heißt, dass Kohl die Liebeskraft der Männer stärken soll. Denn im Kohl ist Vitamin C, und Vitamin C hilft gegen Frühjahrsmüdigkeit. Es beeinflusst von der Nebenniere aus die Hormonbildung, was wiederum auf geradem Wege zur Erhöhung der Liebeskraft führt.

Aber das gehört in ein medizinisches Lehrbuch, und für medizinische Lehrbücher bin ich nicht zuständig.

Bleiben wir also beim Spaß, den uns ein Kohl-und-Pinkel-Essen bereitet. Dabei geht es ja nicht nur um das Essen, sondern auch um das Trinken alkoholischer Getränke, was uns wiederum - man kann es drehen, wie man will - in die Medizin führt.

Denn ohne Alkohol sollte man sich dem Kohl-und-Pinkel nur mit größter Vorsicht nähern. Dabei geht es nicht um das Vergnügen. Es geht um die Verdauung, die ja ganz wesentlich das Leben eines Menschen bereichern oder es zur Qual machen kann.

Dabei fällt mir ein Wort eines Oldenburgers ein. Er sagte: »Mit dem Grünkohl im Magen ist es wie mit manchen Politikern in Parlamenten: Sobald sie ins Parlament gewählt worden sind, blähen sie sich auf.«

Eines aber steht jedenfalls fest: Ein anständiges Kohl-und-Pinkel-Essen ist geeignet, Menschen zueinander zu führen - oder auch nicht.

Kohl und Pinkel hat jedenfalls die Mitglieder des Bremer Hauses Seefahrt von 1545 zusammengeführt. Wann genau die Schaffer des Hauses Seefahrt zum ersten Male auf ihrer Schaffermahlzeit Kohl und Pinkel serviert haben, weiß man nicht genau. Essen und Trinken waren zwar zu allen Zeiten wichtig, aber man schrieb nicht auf, was man gegessen hatte.

Es ist aber anzunehmen, dass bei den Zusammenkünften der Mitglieder des Hauses Seefahrt schon sehr früh in der Reihenfolge der genossenen Gerichte Kohl und Pinkel eine wichtige Rolle gespielt hat. Denn schon im 16. und 17. Jahrhundert waren Kohl und Pinkel - vermutlich sogar sehr viel früher - aus dem Speiseplan der Bremer nicht wegzudenken. Genauso wie Stockfisch oder Sauerkraut mit Rauchfleisch und Schinken.

Heute jedenfalls gehören Kohl und Pinkel mit Maronen (Kartoffeln gab es zu Beginn der Schaffermahlzeiten nicht) unverzichtbar zu jeder Schaffermahlzeit - und zwar nach Hühnersuppe und Stockfisch mit gelber Soße. Hinterher werden dann Kalbsbraten mit Selleriesalat, Rigaer Butt, Sardellen, Wurst, Zunge, Chester- und Rahmkäse serviert.

Der Oldenburger Herzog Peter Friedrich Ludwig (1755–1829) pflegte in strengen Wintern mit seinem Gefolge Landpartien zu unternehmen, wobei er sich bei reichen Bauern zum Kohlessen ansagte. Möglicherweise waren dies die ersten Kohlfahrten der Geschichte! Ob die Bauern immer begeistert waren, wenn die Horde vom Hofe bei ihnen einfiel, ist nicht überliefert, zumal es sich für einen Bauern nicht gehörte, hinterher die Hand aufzuhalten.

Aus einer Kohlfahrt hat sich - wenn man so will - die Bremer Eiswette von 1829 entwickelt. Man fuhr damals - nicht gerade komfortabel - zum Essen und Trinken nach Horn, wo es einen besonders guten Kohl gab. Und Kohl und Pinkel wird auch heute noch bei der Eiswette aufgetischt, wenn auch in einem vornehmen Rahmen.

Geht man also davon aus, dass Kohl und Pinkel Menschen zusammenführt, so finden sich auch Beispiele dafür, dass es Leute gibt, für die der Kohl keine stammes- und völkerverbindende Mahlzeit ist, sondern ein kulinarisches Schreckgespenst.

Kaiser Wilhelm II. von Hohenzollern reiste gern in den Nordwesten, weil dort sein Kriegshafen Wilhelmshaven lag. Bei der Gelegenheit machte er auch Station in Bremen. Vorsichtshalber kam er aber nur zum Frühstück, das er im Allgemeinen im Ratskeller zu sich nahm. Und zwar im Kaiserzimmer.

Adolf Hitler, der ein Vegetarier war, vermied jede Begegnung mit den Bremern. Er mochte Bremen nicht. Schon gar nicht seine Küche. Über seine Antipathie gegen Kohl und Pinkel ist nichts überliefert. Aber man kann sich seinen Ekel vorstellen.

Der Bundespräsident Heinrich Lübke, der aus dem Sauerland stammte, wo ich mal eine merkwürdig zugerichtete Grünkohlsuppe mit Mettwurststücken gegessen habe, die mir als regionale Spezialität vorgesetzt worden war, fing es ganz schlau an. Als er einmal, gelegentlich eines Staatsbesuches, mit dem Flugzeug in Bremen gelandet war, sagte er hintersinnig: »Ich freue mich, mal wieder bei Ihnen in Hamburg zu sein.«

Sein Vorgänger, Professor Theodor Heuss, konnte nicht mehr rechtzeitig genug ausweichen.

Als Heuss zum ersten Male Gast auf einer Schaffermahlzeit war, guckte er irritiert, als Kohl-und-Pinkel aufgetragen wurde.

Er wandte sich an seinen Nebenmann, an den Bremer Bürgermeister Wilhelm Kaisen, und fragte: »Was ist das denn?«

Kaisen, ein gebürtiger Hamburger, der aber längst ein leidenschaftlicher Bremer geworden war, antwortete wahrheitsgemäß: »Kohl-und-Pinkel.«

Heuss musste alle seine innere Kraft aufbieten, um das Gehörte zu verdauen. Seufzend sagte er: »Weißt du, Wilhelm, ich werd's ja essen. Aber sag mir, um Gotteswillen, wie seid ihr Bremer bloß darauf gekommen?«

Grün- oder Braunkohl

Schon die alten Römer kannten unseren guten Kohl. Sie bezeichneten ihn als »Caulis«, als Stengelkohl, wobei die im Bremischen wie auch im Oldenburgischen drängende Frage, ob es sich bei unserem Kohl um Grünkohl handelt oder um Braunkohl, auch von den alten Römern nicht beantwortet worden ist. Obwohl sie sonst doch um Antworten nicht verlegen waren, wenn auch in lateinischer Sprache.

Tatsache ist, und darüber gibt es keine Diskussion, dass der in Bremen als Braunkohl in den Handel gebrachte Kohl grün ist und auch nach längerem Kochen und trotz größter Phantasie seine grüne Farbe behält, jedenfalls normalerweise.

Nur über einem Torffeuer soll das Grün nach gut drei Stunden Kochzeit ins Bräunliche überwechseln. Aber wer kocht heute noch Kohl über einem Torffeuer.

Infolgedessen sprechen die Oldenburger und fast alle anderen Volksstämme vom Grünkohl.

Nur die Bremer - und mit ihnen aus unerfindlichen Gründen die Menschen im Braunschweigischen - sprechen vom Braunkohl. Und das hat zumindest in Bremen etwas mit der Tradition zu tun. Wie fast alles in Bremen.

Im Bremischen wie auch im Oldenburgischen wurde noch im 19. Jahrhundert der so genannte Langkohl gegessen, ein Kohl, der heute nur noch von Idealisten und ausschließlich für den Eigenverzehr angebaut wird - unter anderem tatsächlich in Oldenburg, bei Diepholz, in Ostfriesland und in Bremen.

Dieser Langkohl hatte den Vorzug, dass die unteren Blätter des mannshoch wachsenden Strunks als Viehfutter verwertet werden konnten.

Die oberen Röschen des Langkohls aber waren und sind für den menschlichen Verzehr wunderbar geeignet.

Dieser Langkohl hat eindeutig bräunlich-violette Blätter, die sich natürlich auch im Kochtopf entsprechend verhalten und keineswegs grün werden.

Der Name dieses Kohls ist ausdrücklich Braun-, Kraus- oder Winterkohl.

Und wenn sich die Bremer und Oldenburger von diesem Kohl inzwischen weitgehend getrennt haben, weil es ja kaum noch Vieh in den Städten gibt, mit denen man sich den Kohl teilen könnte, die Erinnerung lebt - zumindest in Bremen - im Namen Braunkohl fort.

Kohl – im Dunkel der Vergangenheit

Die Geschichte des Kohls verliert sich im Dunkel der Vergangenheit.

Wir wissen nicht genau, wann zum ersten Male Kohl gegessen worden ist. Aber es muss schon ziemlich lange her sein - jedenfalls zu einer Zeit, als die Leute noch nicht schreiben konnten, um der Nachwelt über ihre Lebensgewohnheiten zu berichten.

Aus dem 1. Buch der Könige, also aus der Bibel, ist uns bekannt, dass König Ahab, der von 873 bis 853 König von Israel war, dem Naboth sagte: »Gib mir deinen Weinberg, ich will mir einen Kohlgarten daraus machen.« Und als Naboth seinen Acker nicht herausrücken wollte, ließ ihn der König steinigen.

Die Tatsache, dass der König von Israel den Kohl noch über den Wein stellte, berechtigt uns Norddeutsche zu der Annahme, dass es sich bei dem Kohl um Braun- beziehungsweise Grünkohl gehandelt haben muss. Mit anderen Kohlarten lässt sich das gar nicht erklären.

Über die Art der Kohlzubereitung steht in der Bibel aber nichts.

Der Bremer Johann Georg Kohl (er hieß tatsächlich so), einer der ersten Reiseschriftsteller Europas und bremischer Chronist, der im 19. Jahrhundert lebte, siedelte die Herkunft des Braunkohls im »Grau der Vorzeit« an, ohne Genaueres zu sagen, was im Allgemeinen gar nicht seine Art war.

Er scheint tatsächlich über die frühe Geschichte des Kohls nichts gewusst zu haben.

Martin Westphal spricht in seiner im Jahre 1988 veröffentlichten Doktorarbeit über Kohl-und-Pinkel-Fahrten von einer »alten nordeuropäischen und insbesondere norddeutschen Kulturpflanze«, eine etwas wenig aussagende Mitteilung, die wir ihm nicht übel nehmen wollen. Bei ihm ging es eben nur um Kohlfahrten - und das sehr ausführlich und wissenschaftlich fundiert.

Auch Dr. Werner Kloos, einst Direktor des Focke-Museums in Bremen, hat sich in seinem Buch »Gut bremisch Essen und Trinken« nur vage geäußert. Dafür erwähnt er aber eine Grütze, die in unserer Gegend in frühneolithischen Gefäßen gefunden worden sei, was uns bei großzügiger Betrachtung dazu verleiten könnte, an eine frühe Art der Pinkelwurst zu denken.

Im Jahre 1586 zog der berühmte Gelehrte Justus Lipsius, Professor der Geschichte und Beredsamkeit, durch das Oldenburger Land und erlebte »Furchtbares«. Lassen wir ihn selbst erzählen:

»Doch da kommt der zweite, lang ersehnte Gang, die Hauptschüssel! Eine gewaltige Kumme voll braunen Kohl! Einen Finger breit darüber her fließt die Brühe von Schweinefett. Diesen Ambrosia essen sie nicht, sie verschlingen ihn. Hungrig flücht' ich zu meinem Eßkorbe, zieh ein paar Rosinen hervor und verzehre sie langsam mit Brod ... lieber will ich den Wirth sammt den Gästen erzürnen, als meine Gesundheit verderben.«

Das ist nun in der Tat eine böse Nachricht. Aber sie ist wohl die erste schriftliche Quelle über ein nordwestdeutsches Kohlessen. Darum können wir an dieser Nachricht nicht vorbeigehen, obwohl es verlockend gewesen wäre.

Andererseits kann ich den Geschmack des Herrn Professor Lipsius überhaupt nicht verstehen - Rosinen statt Kohl! Da fasst man sich doch an den Kopf!

Jedenfalls verhielt sich Doktor Johann Gottfried Hoche, der sich als Schriftsteller hervorgetan hat, etwas zurückhaltender. Er beschrieb im Jahre 1809 eine Reise unter anderem durch das Saterland, das im Cloppenburgischen liegt, und teilte seinen Lesern ohne Kommentar mit:

»Ihr Klima und ihre Beschäftigung macht ihnen harte Speisen nothwendig. Schinken, geräuchertes Fleisch, schwarzes Brod, Kartoffeln, mehrere Arten braunen Kohl, Butter und Käse sind die gewöhnlichen Nahrungsmittel.«

Und im Jahre 1786 empfahl die Verfasserin der »Abendbetrachtungen und Abendgedanken« in ihrem Buch »Lehren und Erfahrungen für junge Frauenzimmer« die Zubereitung von Braunkohl mit gebratenen Kastanien, wobei sie ausdrücklich daran erinnerte, dass der Winterkohl gefroren sein müsse.

Und damit sind wir bei einem Thema, dass zwar nicht zur Geschichte des Kohls gehört, wohl aber vom Kohl nicht zu trennen ist.

Kohl, wenn er schmecken soll, muss Frost bekommen haben, damit die in ihm enthaltene und etwas bittere Stärke in Zucker verwandelt wird.

Noch vor einigen Jahren ging man davon aus, dass die Natur den Menschen spätestens am Buß-

und-Bettag den notwendigen Frost geschickt hatte, so dass am Buß-und Bettag die Kohlsaison eröffnet werden konnte.

Heute, da der Buß- und Bettag in unseren Gefilden kein Feiertag mehr ist und die Natur sowieso verrückt spielt, so dass man manchmal glaubt, im November beginne der Frühling, bekommt man Kohl-und-Pinkel in manchen Gaststätten schon im Oktober serviert - mit Kohl aus dem vorigen Jahr beziehungsweise aus der Tiefkühltruhe oder aus der Dose.

Das Kohlmärchen im Internet

Also, dieses Märchen über den Braunkohl im Norden Deutschlands beginnt damit, dass Fischer während der Winterstürme hinter ihren Kachelöfen hockten, über ihre Fahrten um das Kap Hoorn klönten und Braunkohl aßen - gedacht als Unterlage für den Kümmel, den sie in sich hineinschütteten, um gegen die Kälte gerüstet zu sein.

So jedenfalls stellt sich das Internet die Geschichte vor, ohne daran zu denken, dass die Fischer vor vielen, vielen hundert Jahren keine Kachelöfen in ihrer guten Stube stehen hatten. Sie saßen, wenn überhaupt, am offenen Feuer. Und von den Stürmen am Kap Hoorn hatten sie nicht die geringste Ahnung. Ihre Fanggründe lagen in den Flüssen Oder, Elbe, Weser, Ems, bestenfalls in den dazugehörenden Flussmündungen oder vor den Inseln.

»Der Grünkohl«, so heißt es im Internet, »kommt ursprünglich aus dem Atlasgebirge in Nordafrika und galt bei den Berbern als fieses Unkraut. Um die Jahre 800-900 n. Chr. besuchten die Wikinger auf einer ihrer Mittelmeer-Kreuzfahrten auch die Berber. Sie schwängerten nicht nur die Töchter des Landes, sondern klauten, wie damals üblich, auch alles was nicht niet- und nagelfest war. Dabei packten sie auch einen Korb voll Grünkohl mit Wurzelwerk ein, um damit die heimischen Gärten zu schmücken.«

Nun muss man dazu sagen, dass viele der 30 Arten Kohl gern im Mittelmeergebiet gegessen werden. Ob Braun- beziehungsweise Grünkohl darunter ist oder

Rosenkohl oder Blumenkohl oder ... ist nicht klar ersichtlich. Es ist aber wohl erwiesen, dass der Kohl schon zur Jungsteinzeit in Mitteleuropa ein verbreitetes Nahrungsmittel war. Die Jungsteinzeit geht bis ins 9. Jahrtausend v. Chr. zurück.

Und dass die Wikinger, vom 9. bis zum 11. Jahrhundert n. Chr. auch als Normannen bekannt und gefürchtet, einen Korb voll Grünkohl als Gartenschmuck mit nach Hause gebracht haben, das mag schon sein. Sie hätten sich den Kohl wahrscheinlich aber auch an der Weser holen können, wo sie sich zu jener Zeit ebenfalls unbeliebt machten.

Es ist im Internet die Rede von dem Schicksalsjahr 896 n. Chr., als Nordeuropa unter einer Hungersnot litt, wobei sich die Frage ergibt: Wann zwischen dem 8. und 10 Jahrhundert litten die Nordeuropäer nicht unter einer Hungersnot?

Aber - so heißt es im Internet - 896 »vernichtete der Kappes-Käfer die ganze Weißkohlernte in Nordeuropa«, und Weißkohl war »neben eingelegten Heringen, Pökelfleisch und Räucherwürsten die Hauptnahrung im langen Winter«.

Dann aber heißt es:

»Die ersten Fröste zogen über Land und Meer, und die Not war so groß, dass die ersten Jungfrauen geopfert wurden, um Wotan gnädig zu stimmen. Der Große Wotan erbarmte sich und sandte die Erleuchtung, dass man die fiesen Strünke ›Grünkohl‹ nach den ersten Nachtfrösten nicht nur essen, sondern - richtig zubereitet - herrlich genießen könne. Und so war's! Mit Speck, Schweinebacke und Grützwurst (Pinkel) zubereitet - dazu einen Klaren und ein kühles Pils zum Abkühlen - das bringt jeden Seemann aus der Koje.«

Wer's glaubt, mag's glauben. Wer's nicht glaubt, dem wird Kohl und Pinkel dennoch schmecken.

Am Schluss jedenfalls wird auf den Kohl-und-Pinkel-Orden verwiesen, der »an vielen nordischen Plätzen mit feierlichen Reden verliehen wird«.

Es ist - laut Internet - ein Orden, der »der Errettung der Vorfahren aus Not und Tod« gedenkt.

Sehen Sie, und dann wird Ihnen im Internet auch noch das Kohl- und das Pinkel-Rezept »Bremer Art« serviert:

»Das Fleisch und den Speck in Scheiben schneiden und mit dem Pinkel und dem Grünkohl in einer großen Schüssel anrichten. Dazu einen Klaren, einen Krug Bier und reichlich Senf - das ist der Himmel der Friesen. Da ist was dran!«

Auf diese Weise werden die Bremer und die Friesen in einen Topf geworfen, ausgezeichnet mit Fressorden, die an die »Errettung der Vorfahren« erinnern, versehen mit reichlich Senf ...

November

»O Gott, o Gott, o Gott«, jammerte die junge Dame. »Heute ist der 31. Oktober. Morgen ist der 1. November, und es beginnt der abscheulichste Monat des Jahres, trist und ungemütlich, und dann auch noch die Trauertage dazwischen ...«.

Und obwohl ich jungen Damen ungern widerspreche, in diesem Falle kann ich es mir nicht verkneifen, denn, ich bitt Sie um alles in der Welt, was ist am November so abscheulich?

Was mich betrifft, so sehne ich den November geradezu herbei, und das aus vielerlei Gründen.

Ich habe zum Beispiel immer noch meinen Spaß daran, sonntagsmorgens in einem Park durch das abgefallene feuchte Laub zu gehen und es mit den Füßen aufzuwirbeln.

In welchem Monat könnte man das besser als im November?

Kein anderer Monat ist so leise wie der November.

Denken Sie mal zurück an den Juli, was da an Krach und Bremsengekreisch auf den Autobahnen herrschte ...

Oder denken Sie an die klare Herbstluft im Oktober. Sie ist ja nicht unangenehm. Im Gegenteil. Aber sie multipliziert jeden Straßenlärm, so dass man sich am liebsten die Ohren zuhalten möchte.

Im November, wenn unser Land bis über die Baumspitzen hinweg in einer dicken Milchsuppe liegt, wirkt selbst der ekelhafteste Autolärm gedämpft, und sogar die zweiräderigen Nervensägen, die Motorräder, verlieren viel von ihrem Schrecken, zumal die meisten von ihnen während der Wintermonate abgemeldet in der Garage stehen.

Der November ist ein stiller Monat, der leider immer mehr zu einem vorgezogenen Weihnachtsmonat verkommt, weil sich einige Geschäftsleute im Datum versehen und den 24. November für den Heiligen Abend halten.

Aber das soll mich nicht stören. Ich habe meinen eigenen Kalender, und darin steht, dass Heiligabend am 24. Dezember ist. Im Übrigen gehen mich die Kalender anderer Leute nichts an.

Ich mag die Trauertage im November allerdings auch nicht leiden, weil es mir unmöglich ist, behördlich oder kirchlich, verordnete Trauer zu empfinden.

Außerdem kann ich nicht auf Befehl weinen.

Die erfreulichsten Tage im November sind für mich der 11. November und der Buß- und Bettag – obwohl der ja als Feiertag abgeschafft worden ist.

Am 11. November gibt es bei uns seit Jahren eine Martinsgans. Manchmal auch schon am 10. November, weil da Martin Luther geboren worden ist. Der hat mit der Martinsgans eigentlich gar nichts zu tun. Aber das ist eine andere Geschichte und die gehört in ein besonderes Buch über Gänse.

Ich gebe zu, aus der Sicht der Gänse ist der 11. November überhaupt kein Grund zum Jubeln. Wenn aber die Gänse wüssten, wie lecker ein knusprig gebratener Gänsebraten schmeckt – mit Rotkohl, Salzkartoffeln und Maronen ... Sie würden möglicherweise ein bisschen anders darüber denken, in der stillen Hoffnung, selbst alles heil zu überstehen.

Wie auch immer, am 11. November gibt es bei uns eine Martinsgans.

Und am Buß- und Bettag beginnt die Kohl-und-Pinkel-Zeit.

Dass dieses Ereignis ausgerechnet auf den Buß- und Bettag fällt, hat nur äußerlich - und sozusagen als Ausrede - etwas damit zu tun, dass es am Buß- und Bettag meistens schon den ersten Frost gegeben hat. Ohne Frost schmeckt der Kohl nicht, wie es in allen Fachbüchern ausdrücklich und sehr richtig heißt.

In Wirklichkeit aber hängt das damit zusammen, dass sich die Menschen in Nordwestdeutschland mit Kohl-und-Pinkel einen Ausgleich geschaffen haben für das Büßen und Beten, was ihnen - jedenfalls in früheren Tagen, besonders aber in Bremen - von einer streng calvinistisch orientierten Obrigkeit auferlegt worden war.

So ist denn der Tag im Laufe der Zeit für die meisten Bremer ein richtiger Festtag geworden, und wenn sie das Wort Buß- und Bettag hören, dann regen sich in ihnen keine reuigen Gedanken - dann läuft ihnen das Wasser im Munde zusammen.

Eindrucksvolle Kohllandschaft

Es hat natürlich immer Leute gegeben, die sich über die Kohlleidenschaft der Bremer lustig gemacht haben. Zu diesen Leuten gehörte der Schriftsteller Eduard Beurmann, der im 19. Jahrhundert lebte und ein etwas boshafter Mensch war. Sein Werk, ich sage das mal als vorurteilsvoller Bremer, ist zu Recht vergessen worden.

Dieser Herr Beurmann hatte Bremen wegen einer Liebesgeschichte bei Nacht und Nebel verlassen müssen. Das hat er der Stadt Bremen nie verziehen, obwohl sie nichts dafür konnte. Er malte sich einmal einen Bremer aus, der vor der zweifellos eindrucksvollen Kulisse eines Schweizer Gletschers steht.

Beurmann ließ den Bremer das Naturschauspiel durchaus andächtig betrachten und ihn nach einem tiefen Seufzer sagen: »Es flimmert und glänzt wie Silber, aber der Braunkohl von Bremen wächst nicht unter dem Schnee der Gletscher, und wenn ich jetzt in Bremen wäre, ich würde eine Landkohlpartie nach Horn mitmachen.«

Es spricht für den Realitätssinn der Bremer, dass sie die Ironie in diesen Beurmann'schen Worten stets ignoriert haben. Denn erstens macht man sich über Kohl und Pinkel nicht lustig, und zweitens ist der Bremer sowieso zutiefst überzeugt davon, dass es nichts Schöneres und Eindrucksvolleres gibt als eine norddeutsche Kohllandschaft und - ein Bremer Braunkohl-Essen.

Ich jedenfalls habe die Worte von Herrn Beurmann ernst genommen und in meinem Herzen bewegt, und über viele Jahre bin ich zum Wintersport ins schweizerische Saas Fee gefahren. Und jedesmal, wenn ich oben auf dem Längfluh stand, wo es hinunter geht über den Spielboden ins Dorf, und andächtig auf die Welt der Gletscher schaute, fielen sie mir wieder ein.

Neben mir stand dann meistens mein Freund Klaus Lüllmann aus Hemeligen, und ob sie es glauben oder nicht, er konnte meine Gedanken nicht lesen. Ich hatte mit ihm über Herrn Beurmann noch nie gesprochen.

Aber er guckte mich an und sagte: »Mensch, Hermann, jetzt eine Portion Kohl und Pinkel - das wäre was!«

Wie der Oldenburgische Forst- und Wildmeister Ahlers den Kohl durch den Winter bringt

Johann Peter Ahlers, 1724 in Oldenburg geboren, brachte es im Laufe seines Lebens zum Forst- und Wildmeister und zum Kammerrat des Herzogtums Oldenburg. Er legte französische Gärten an, ließ eine Promenade um den Wall von Oldenburg bauen und kümmerte sich um seinen braunen Kohl.

In den in Oldenburg erscheinenden »Blättern vermischten Inhalts« teilte er den Lesern am 31. März 1789 mit, was man machen müsse, um den Kohl gut durch den Winter zu bringen.

Er schrieb unter anderem: »Ein jeder Landmann kennet die Nutzbarkeit des braunen Kohls, und jeder bemühet sich, im Sommer soviel als möglich davon zu ziehen. Warum will er denn nicht auch Nutzen davon haben, und einen treuen Rath, denselben vor Fäulniß und Verderben zu conservieren, annehmen und folgen?«

An anderer Stelle heißt es: »Meine Anweisung, wie der braune Kohl im Winter vor Fäulniß und Verderben gesichert werden kann ist nicht meine Erfindung; ich suche dafür kein Lob oder Dank, sondern es ist ein Finger-Zeig der gütigen Natur, den ich bemerkt und mich überzeugen lassen, und daher solches mitzutheilen, für meine Pflicht halte.

Der braune Kohl, der aufrecht stehet, kann sich nicht halten, weil der Schnee, der auf ihn fällt, durch allmälige Abwechselung von Frost und Nässe sein Verderben verursacht.

Wenn aber ein jeder sogenannte Kohlstrunk, oder einzelne Stamm, im späten Herbst, ehe es frieret, eine Handbreit von der Erde nach unten zu, etwas schreeg eingeschnitten, aber nicht abgeschnitten, und längs der Erde hingeleget, oder gemach hingebogen wird, oder statt dessen ganz ohne Schnitt, etwas aus der Erde aufgezogen, und alsdenn schreeg gelehnet, an der Wurzel-Seite niedergetreten wird, so kann kein Kohl verderben.

Wie ich denn von diesem letztern am 19sten dieses in eines Landmanns Garten auf dem Ammerlande mitten zwischen stehendem Kohl, der bis auf die Wurzel verfaulet war, einen von ungefähr längs der Erde niedergetretenen Kohlstrunk gefunden, der am ganzen Stamm, Blättern und Herzblatt so vollkommen grün und eßbar war, daß er den Landmann und die Seinen überzeugen konnte und überzeuget hat, daß auf eine solche Art der Kohl am besten vor Verderben zu sichern sey.

Meiner Meynung nach, rühret die Conversation daher, weil die Nässe alsdann gleich ablaufen, der Schnee beym Aufweichen gleich abfallen, und das sogenannte Herzblatt im Kohl, durch dessen beissende Kraft und öftere Abwechselung von Frost und Nässe, keinen Schaden nehmen kann. Recht physicalisch verstehe ich dieses nicht zu erklären, kann also den guten Freunden nicht helfen, welche eine ganz genaue Erklärung dieserwegen erst von mir haben wollen, ehe sie folgen.«

Herr Ahlers schließt mit den Worten:

»Ich schreibe bloß für arbeitsame Hände, welche, so bald sie, mittels eines gewissen Instincts ihres Kopfes, eine nützliche Sache vernommen, ohne Anstand zu Werke eilen, und ehe ersterer es ausgedacht, schon ausgerichtet haben.«

Liebe Leserin, lieber Leser, falls Sie keine »arbeitsame Hand« besitzen, können Sie die vorstehenden Zeilen des Kammerrats Johann Peter Ahlers auf der Stelle wieder vergessen.

Vorsicht vor Schießpulver

Es könnte ja sein, dass Sie einen Garten haben, in dem Sie Kohl anbauen.

Und wenn Sie nun diesen Kohl vor Raupen und Ungeziefer schützen wollen, sollten Sie sich um Gottes willen nicht an das »Hannoversche Magazin« von 1826 halten.

In diesem Magazin steht geschrieben, dass man die Wurzeln der Kohlpflanzen in Mistjauche tauchen sollte, worin Schießpulver aufgelöst worden ist.

Ein Oldenburger, der dem »Hannoverschen Magazin« glaubte, was für einen Oldenburger eigentlich sehr ungewöhnlich ist, hat sich an den Rat gehalten. Anschließend teilte er den »Oldenburgischen Blättern« vom 29. August 1826 mit, dass die Hannoveraner keine Ahnung haben. Sein Versuch, Raupen und Ungeziefer zu vernichten, habe sich genau ins Gegenteil verkehrt.

Raupen und Ungeziefer lebten nach der Behandlung geradezu auf.

Pinkel – ein Kapitel, das kein Ende nimmt

Pinkel gehört im Bremischen und im Oldenburgischen - und nirgends sonst - zu den unverzichtbaren Bestandteilen eines anständigen Kohl-und-Pinkel-Essens, wobei wir das Bremische ohne Rücksicht auf die Landesregierung in Hannover ein bisschen nach Norden und Osten hin erweitern wollen.

Pinkel wird im Oldenburgischen und im Bremischen unterschiedlich hergestellt. Ich werde darauf noch zurückkommen. Einstweilen nur so viel: Die unterschiedliche Herstellung der Pinkel steht möglicherweise im Zusammenhang mit der Mentalität der beiden Volksstämme.

Genaues weiß ich darüber nicht. Im Übrigen gehört dieses zu den vielen Rätseln, die uns die Kochwurst Pinkel aufgibt. Eine Kochwurst jedenfalls ist es, und zwar eine «cerealienhaltige Kochwurst«, wie es in einem Sonderdruck aus der Zeitschrift »Fleischwirtschaft« von Januar 1984 geschrieben steht.

Cerealien sind Getreide und Feldfrüchte. Hafergrütze gehört dazu. Cerealia war ein altrömisches Fest zu Ehren der Ceres, der Göttin der Feldfrucht und des Ackerbaus.

Zu den Rätseln der Pinkelwurst zähle ich auch den Ursprung des Wortes »Pinkel«, den ich in allen möglichen Büchern gesucht und in unterschiedlichen Darstellungen gefunden habe.

Also, was bedeutet das Wort »Pinkel«? Woher kommt es?

Die zunächst einzig mögliche Antwort hat Helga Klöver in ihrem Kohl-und-Pinkel-Buch (1996) gegeben:

»Eigentlich gehört die Pinkel nämlich in einen gereinigten Rindermastdarm, weil der schön fett ist. Dieser Mastdarm trägt den schönen plattdeutschen Namen »Pinkel« und der wurde der Wurst einfach weitervermacht.«

Damit könnte ich dieses Kapitel beenden. Allein so ganz zufrieden bin ich mit der Antwort von Helga Klöver nicht, obwohl ich ihr Buch mit großem Vergnügen gelesen habe.

Außerdem sagte ich mir, dass ich doch bitte, wenn ich mich schon mit Pinkel beschäftige, auch auf zwei meiner Bücher hinweisen sollte.

Erstens geht es um das Buch »Was'n in Bremen so ißt« (1982), in dem es über die Pinkel heißt: »Diese von Nicht-Bremern häufig als genierlich empfundene Spezialität hat natürlich überhaupt gar nichts Unanständiges an sich. Pinkel besteht aus reichlich Speck, fettem Rindfleisch (von der Lanke - Lanke sind nach Auskunft eines alten Schlachtermeisters die Weichteile hinter den Rippen), aus Zwiebeln, Flomen, Hafergrütze, Piment, Pfeffer und Salz und wird - wenn alles gut miteinander vermischt worden ist - in den Mastdarm des Rindes gestopft, der ja auch Pinkeldarm genannt wird. Und daher leitet sich der Name ab.«

Zweitens steht in meinem Buch »Kohl & Pinkel« (1990) über die Pinkelwurst: »Die Pinkelwurst, über deren Bestandteile noch an anderer Stelle berichtet wird, verdankt ihren für manche Leute unaussprechlichen Namen dem Pinkeldarm des Rindes, in den sie normalerweise hineingestopft wird.«

Im Übrigen befinde ich mich mit meinen Äußerungen in bester Gesellschaft.

Ich blätterte in der Doktorarbeit von Martin Westphal, die unter dem Titel »Kohl-und-Pinkel-fahrten« (1988) erschienen ist, und fand den Hinweis: »Pinkel bedeutet ursprünglich in der niedersächsischen Mundart den Mastdarm des Ochsen.«

Nun gut, das ist kurz und bündig, war mir aber nicht genug, und ich geriet in meiner Bibliothek an Hanns Meyer, der vor und nach dem Zweiten Weltkrieg viele Jahre Verkehrsdirektor in Bremen war und das Buch »Gastliches Bremen« (1959) geschrieben hat.

Darin beschäftigt er sich auch mit Kohl und Pinkel. Er schreibt über die Pinkel: »Viele Speckstücke, etwas Talg, Hafergrütze, Zwiebeln, Piment und andere scharfe Gewürze werden in eine Wursthaut gestopft, die vom Mastdarm des Rindes, auch Pinkeldarm genannt (daher der Name), stammen muß.« Immerhin lässt er sich in seiner Formulierung ein Hintertürchen offen.

Und wenn man erst einmal anfängt zu suchen, kann man nicht wieder aufhören. Jedenfalls ging es mir mit der Pinkel so. Ich suchte die Pinkel bei Heinrich von Spreckelsen in seinem Buch »Verschollener Wortschatz aus Bremens Vorzeit« (1997) und fand folgende Erklärung: »Pinkel – a) Mastdarm, b) Grützwurst mit Hammelfett und Zwiebeln.« Aber, ehrlich gesagt, eine Erklärung ist das auch nicht.

Was aber sagt Wolfgang Lindow in seinem »Plattdeutschen Wörterbuch« (1984): »Pinkel (ostfr., oldbg., brem., lünebg.) n., Pinkel, aus Grütze, Fett und Fleisch hergestellte kleine Wurst, Kohlwurst (in Mastdarmhülle, bes. zu Grün- bzw. Braunkohl gereicht).«

Das ist jedenfalls mehr, als das, was ich 2004 im Internet unter www.inform24.de gelesen habe. Dort heißt es: »Pinkel ist die typische Grünkohlwurst. Es gibt kein anderes Gericht, in dem diese Wurst zu finden ist. Sie ist quasi für den Kohl erfunden worden. Im Norden Deutschlands gehört sie zum Grünkohl einfach dazu.«

Aber das stimmt so nicht. Und was heißt »quasi«.

Im Norden Deutschlands, in Schleswig-Holstein und in Hamburg, zum Beispiel, schüttelt man sich, wenn das Wort Pinkel fällt. Pinkel gehört ins Oldenburgische und Bremische. Und wenn ich an Steckrüben mit Pinkel denke, läuft mir das Wasser im Munde zusammen.

Herbert Schwarzwälder, der kompetente Bremen-Chronist, schreibt in seinem »Großen Bremen-Lexikon« (2003):

»Pinkel: nach dem Bremischen Kochbuch von Betty Gleim enthält die Pinkelwurst Hafergrütze, Nierenfett, Zwiebeln, Pfeffer und Salz. Die Masse wird in den Pinkeldarm (Mastdarm des Rindes) gefüllt; daher hat die Wurst den Namen ...«

Betty Gleim schreibt übrigens in ihrem im Jahre 1809 erschienenen Kochbuch stets von »Pinkeln«.

Vorsichtshalber schaute ich aber auch noch in das Buch »Grünkohl-Zeit« (2003) von Karl-Heinz Bonk und las Folgendes über die Pinkel: »Vom Namen her klingt sie ein wenig ungehörig. Dabei ist es eine in den Enddarm gestopfte Wurst. Im Plattdeutschen heißt dieser Enddarm auch Pinkeldarm.«

Aber da macht Heino Geffken nicht mit. Geffken ist Gastwirt und Schlachtermeister der alten Schule in Lilienthal bei Bremen. Er sagte mir: »Das kann nicht angehen. Der Enddarm ist der kurze Mastdarm und jedenfalls kein Pinkeldarm, denn einen Pinkeldarm gibt es gar nicht. Es gibt die Harnblase. Der Enddarm aber, von dem Bonk spricht, ist für Mettwurst reserviert und nicht für Pinkel.«

Und damit scheint mir Heino Geffken gar nicht so verkehrt zu liegen.

Lesen Sie mal, was die Brockhaus Enzyklopädie, Deutsches Wörterbuch dazu sagt: »Pinkel, der; -s, -, auch: -s / H.u. (weitere Herkunft ungeklärt), viell. zu ostfries. Pinkel = Penis, eigtl. wohl = Spitze, oberer Teil / (ugs. abwertend): Mann: Das ist doch ein ganz kleiner P., der sich seine Fingernägel überlang wachsen läßt ... und Lavendelparfüm benützt (OH, Haie 227); ein feiner P. (jmd., der sich als feiner, vornehmer Herr gibt); Pinkel, die; -, -n / ostfries. Pinkel, eigtl. = Mastdarm; vgl. 1. Pinkel / (nordd.): aus Speck (auch Rinderfett) u. Grütze hergestellte, sehr fette, kräftig gewürzte, geräucherte Wurst, die mit Grünkohl gegessen wird: Grünkohl mit P. essen.«

Also, das Wort scheint tatsächlich aus Ostfriesland zu stammen. Die weitere Herkunft, in diesem Falle aber die Bedeutung des Wortes, ist, wenn ich das richtig sehe, ungeklärt - jedenfalls für uns zunächst.

Aber der Hinweis auf Ostfriesland lässt uns ein bisschen nachdenklich werden und an Heino Geffken denken. In Ostfriesland wird zum Kohl Mettwurst gegessen. Und damit könnte die Sache mit dem Enddarm stimmen. Aber das gilt eben nicht für die Pinkelwurst, die ja mit der Mettwurst nur über mehrere Ecken verwandt ist.

Der Duden lenkt uns in eine andere Richtung.

In seinem »Herkunftswörterbuch« schreibt er: »pinkeln (ugs. für) ›Harn lassen, urinieren‹: Das seit dem 16. Jahrh. bezeugte Verb geht wahrscheinlich von einem kindersprachlichen »pi« aus, beachte kindersprachl. ›Pipi machen‹ für urinieren. Vgl. dazu gleichbed. dän. Pinke und schwed. Pinka.«

Damit gibt der Duden wohl jenen Leuten Recht, die meinen, der Name Pinkel habe sich gebildet, weil die fertigen Grützwürste an der Decke aufgehängt wurden und danach ein wenig tropften - also, pinkelten. Na ja!

Merkwürdig sind auch die Hinweise in der Brockhaus Enzyklopädie, Wörterbuch Englisch. Dort gibt es zwei Wörter, die uns aufhorchen lassen: »pink = piksen«, was ja mit der Pinkelwurst unmittelbar zu tun hat (falls jemand ungeschickt in die Pinkelwurst pikst, wird er mit Fett besudelt), und »pinkie = kleiner Finger«, was nichts mit der Pinkelwurst zu tun hat, aber ... (Da kann sich jeder denken, was er will. Meine Frau meint, dass pinkie, der kleine Finger, des Rätsels Lösung enthält. Denn die Pinkel sei im Allgemeinen klein und habe die Form eines Fingers - wenn auch eines dicken.)

Und was der Pons ist, das Wörterbuch, bei dem steht in der Ausgabe »Englisch-Deutsch«: »pink = klopfen«, was uns bei großzügiger Betrachtung an das Urinieren der Männer erinnert.

Damit bin ich wieder bei Heino Geffken, der in seiner Gaststätte Pinkel serviert, die in den Dünndarm des Rindes gefüllt ist, und der genau weiß, dass in früheren Zeiten die Pinkelmasse trocken von der Hand in die Dickdärme der Schweine gefüllt werden musste. Wasser durfte da nicht ran, wegen des Schimmels.

Und diese trockene Masse wurde mit Hilfe eines Trichters in die Därme gefüllt, sagen wir mal wie Streugut, wobei das Einfüllen ein Geräusch verursachte, das an das Pinkeln erinnerte.

Doch gehen wir noch einmal zurück in die Vergangenheit und schlagen im bremisch-niedersächsischen Wörterbuch nach, das in den Jahren 1767 bis 1771 von der »Bremischen deutschen Gesellschaft« veröffentlicht wurde. Darin heißt es, dass das Wort »Pinkeln«, wie es auch Betty Gleim benutzte, nicht das Mindeste mit Wasserlassen zu tun hat.

»Inpinkeln« war im 18. Jahrhundert offenbar ein umgangssprachliches Wort für Völlerei. Unter dem Eintrag »Pinkel« heißt es: »der Mastdarm, Pinkeln und Panssen: das ganze Eingeweide.« Und bei »Pinkeln« steht geschrieben: »Verb. 1) In pinkeln: den Bauch mit Speise füllen, alles hinein essen. Ist ein Pöbelwort. 2) In Hamburg ist pinkeln, pissen.«

Und darum essen die Hamburger auch keine Pinkel. Pech für sie.

Bremer und Oldenburger Pinkel

Der Unterschied zwischen den Städten Bremen und Oldenburg ist zunächst einmal politischer Natur. Bremen ist eine Freie Hansestadt. Oldenburg kann auf eine bedeutende Vergangenheit als Residenzstadt zurückblicken. Der große Unterschied aber zwischen Bremen und Oldenburg liegt in der Zubereitung der Pinkelwurst.

Bremer Pinkel ist - von winzigen Abweichungen abgesehen - unverwechselbar. Sie besteht aus Nierenfett, durchwachsenem frischen Speck, Flomen, auch Rinderfett oder Talg, reichlich Zwiebeln und bis zu etwa der gleichen Menge Hafergrütze.

Dazu kommen etwa 20 Gramm Salz auf ein Kilogramm, Pfeffer, Nelken, Piment und andere Gewürze, die zumeist Betriebsgeheimnisse der jeweiligen Fleischer sind.

Die zuvor in Brühe gequollene Grütze und die Gewürze werden unter das mit Zwiebeln gewolfte Fettgewebe gemengt und erhitzt. Nach dem Abfüllen in die Rinderdünndärme wird das Erzeugnis bei 80 Grad etwa 60 Minuten gegart und nach dem Abkühlen goldgelb geräuchert.

Unter dem Stichwort »Bremer Pinkelwurst« beschäftigte sich auch das 19.-Jahrhundert-Kochbuch der Henriette Davidis mit der Bremer Pinkelwurst, vermutlich aber erst, seitdem Luise Holle aus Bremerhaven, die Frau des Gymnasiallehrers Professor Hermann Gustav Holle, die Redaktion des Kochbuches übernommen hatte. Das war spätestens in der

32. Auflage im Jahre 1896. In der 55. Auflage des Buches, die im Jahre 1914 erschienen ist, hat Luise Holle das Rezept ein wenig überarbeitet:

»Bremer Pinkelwurst. Man vermengt mit kleingehacktem Rindsnierenfett ebensoviel frische rohe Hafergrütze, die weder zu fein noch zu grob sein darf, gibt hinzu Salz, Nelken, Pfeffer und Nelkenpfeffer nebst reichlich gehackten Zwiebeln, füllt dies alles in glatte dicke Därme, läßt jedem etwas Raum zum Ausquellen der Grütze und hängt sie in den Rauch. Feiner ist es, statt des Nierenfettes klein geschnittenen Speck zu nehmen.

Es wird diese Wurst in braunem Kohl, aber auch in Bohnensuppe gekocht.«

Der Wissenschaftler bezieht sich auf chemische Untersuchungen und sagt das so:

»Wasser höchstens 45 %, Fett höchstens 50 %, Stärke höchstens 20 %, Gesamt-Eiweiß mindestens 5 %. Fett/Eiweiß höchstens 8 %, Fett/Stärke höchstens 4 %.«

Aber darüber wollen wir uns lieber nicht unterhalten. Wir wenden uns den Oldenburgern zu.

Der Stellenwert der Oldenburger Pinkel ist nicht ganz so hoch wie der ihrer Bremer Konkurrentin – ich sage das mal so als Bremer und zitiere dabei die Oldenburger, die ja nur vom »Ollnborger Grönkohl-Äten« sprechen. Von Pinkel ist keine Rede.

Dennoch: Die Oldenburger Fleischer hüten ihre Pinkel-Rezepte wie ihre Augäpfel.

Grundsätzlich aber gehören in eine Oldenburger Pinkel Hafergrütze, Speck, Zwiebeln und Fleisch. Die Gewürze werden nicht verraten, was einen Bremer zu dem Hinweis verleitete, er habe ohnehin den Eindruck, dass in der Oldenburger Pinkel gar keine Gewürze seien. Und was man nicht habe, könne man auch nicht verraten.

Ich möchte mich aber ausdrücklich von diesem Hinweis, der nicht von mir ist, distanzieren - in der durch nichts zu rechtfertigenden Hoffnung, dass dieses Buch auch in Oldenburg gelesen wird.

Schließen möchte ich mit einem Wort, das für Bremen und Oldenburg gleichermaßen zutrifft:

Geduld, Vernunft und Hafergrütze
Sind zu vielen Dingen nütze.

Schießende Pinkel

Die Gastwirte zwischen Oldenburg und Bremen stehen sozusagen zwischen den Fronten.

Ihre Gäste kommen gleichermaßen aus Oldenburg und aus Bremen. Und wenn es um Kohl und Pinkel geht, erwarten die Bremer eine Bremer Pinkel, die Oldenburger eine Oldenburger Pinkel.

Ein Gastwirt aus Stuhr, das näher an Bremen als an Oldenburg liegt, obwohl es zum Oldenburgischen gehört, nahm die Sache pragmatisch.

Seine Oldenburger Gäste bekamen die Oldenburger Pinkel serviert, die Bremer Gäste die Bremer Pinkel.

Einmal aber hatte er sich vertan.

Einem Oldenburger Gast, den er, was selten vorkam, nicht kannte, von seinem Äußeren her aber für einen Bremer gehalten hatte, wurde zum Kohl ganz selbstverständlich eine Bremer Pinkel serviert.

Der Oldenburger guckte irritiert. Er wendete die ungewohnte Wurst hin und her, pikste mit der Gabel hinein und wurde, da ihm die besondere Konsistenz der Wurst unbekannt war, von oben bis unten eingesudelt.

Er rief nach dem Ober und fragte ihn, welcher Teufel die Küche geritten habe, ihm ein solches Monstrum auf den Teller zu legen.

»Das ist doch eine Pinkelwurst«, sagte der Ober und guckte sich interessiert das angerichtete Malheur im Gesicht, am Sakko und am weißen Hemd des Gastes an.

»Pinkel?«, fragte ungläubig der Gast. »Pinkel kenne ich ganz anders.«

»Das verstehe ich nicht«, sagte der Ober. »Das ist eine ganz normale Bremer Pinkel!«

»Dann ist mir alles klar«, sagte der Oldenburger. »Ich bin Oldenburger, und die Bremer Pfeffersäcke können uns nicht vergessen, dass wir sie mit einer kleinen Truppe bei Moorriem grün und blau geschlagen haben. Wir haben die zahlenmäßig überlegenen Pfeffersäcke ins Moor getrieben. Den Ort ihrer Niederlage haben wir damals spöttisch die ›Bremer Taufe‹ genannt. Ein schöner Erfolg, zugegeben. Aber lange her, 1476, und jedenfalls längst kein Grund, noch heute auf uns zu schießen – und sei es nur mit ihrer Pinkel.«

Pinkel-Philosophie

Es war im Fährkroog in Dreibergen am Zwischenahner Meer.

Wir hatten Kohl und Pinkel gegessen, und beim Bezahlen fragte ich den Ober: »Woher kommt eigentlich der Name der Pinkel?«

Der Ober antwortete: »Hat Ihnen die Pinkel nicht geschmeckt?«

»Doch, doch!«, versicherte ich. »Sie hat mir sehr gut geschmeckt.«

»Dann ist ja alles in Ordnung«, meinte der Ober. »Wissen Sie, wir haben die beste Pinkel im Ammerland. Und das genügt uns! Woher der Name kommt, das wissen wir nicht.« Er fügte hinzu: »Stellen Sie sich mal vor, es wäre umgekehrt!«

Speck

Gestreifter Bauchspeck, geräuchert und/oder gekocht, gehört zu einem ordentlichen Kohl-und-Pinkel-Essen, darüber braucht man in Nordwestdeutschland nicht zu reden.

Vor allem aber die Bremer haben - und darin sind sie den Oldenburgern über - zum Speck ein besonders inniges und geradezu nationales Verhältnis.

Speck gehört in Bremen fast überall dazu, nur nicht zur roten Grütze.

Ja, die Liebe der Bremer zum Speck hat dazu geführt, dass sie sogar beim Betrachten ihrer Landesflagge an Speck denken.

Die Flagge ist rot-weiß gestreift und zum Mast hin gewürfelt.

Es ist daher kein Wunder, dass die Bremer ihre Flagge seit Generationen als Speckflagge bezeichnen, was sogar von dem sonst sehr auf Reputation und Respekt bedachten Senat geduldet wird.

Denn, so sagt sich der Senat, wem beim Betrachten seines Landessymbols das Wasser im Munde zusammenläuft, der ist jedenfalls außerstande, revolutionäre Ideen zu äußern.

Der Bauch

Sehen Sie, es ist ja nicht so, dass ich ein Kostverächter bin. Wenn ich ehrlich sein soll, so muss ich zugeben, dass ich für mein Leben gern esse, vom Trinken ganz zu schweigen.

Aber es ist ja bedauerlicherweise so eingerichtet, dass der Mensch gewissen Gesetzen untersteht, die unverückbar sein Leben bestimmen.

Solange ich ein junger Mann war, konnte ich essen, was ich wollte. Dort, wo andere Leute einen Bauch mit sich führten, hatte ich eine Kuhle. Leider konnte ich als junger Mann aber eben doch nicht essen, was ich wollte, weil mir die Mittel fehlten.

Heute könnte ich mir das eine oder andere leisten. Aber heute ist dort, wo sich einmal eine Kuhle befand, ein Bauch. Es ist kein Monstrum, das ich vor mir herschleppe und das sich wie ein Sack über meine Gürtelschnalle wölbt. So nicht. Aber ... es ist keine Kuhle mehr.

Und nun kommt eben das, was einem Durchschnittsehemann wie mir das Leben so schwer macht.

Stellen Sie sich vor, ich sitze mit meiner Frau in einem Lokal. Es gibt Kohl und Pinkel. Und wie es so ist, ich stopfe mir gerade den Rest Kohl mit einem Stück Kasseler in den Mund, schiebe noch eine Kartoffel hinterher und bin fertig.

Meine Frau hingegen ist noch lange nicht fertig. Sie kaut und kaut, und als sie noch etwa ein Drittel auf dem Teller liegen hat, sagt sie: »Ich kann nicht mehr.«

»Dann lass es liegen!«, sage ich.

»Liegen lassen?«, sagt sie. »Du, das müssen wir bezahlen. Das können wir doch nicht liegen lassen.«

»Dann iss es auf«, sage ich.

»Wer, ich?«, sagt meine Frau. »Du hast doch gerade gehört, dass ich nicht mehr essen kann. Ich kriege keinen Bissen mehr runter. Aber du ... du könntest doch eigentlich noch ein bisschen essen. Guck mal, die Kochwurst, die magst du doch so gern. Ich habe sie mir bis zuletzt aufgehoben, und nun kann ich nicht mehr. Also, den Kohl und die Kochwurst musst du essen.«

»Aber ich kann nicht«, beteure ich.

»Unsinn«, sagt sie. »Das habe ich in unserer ganzen Ehe noch nicht erlebt, dass du nicht mehr essen kannst. Bestell dir noch ein Bier, damit es besser rutscht, und dann isst du meinen Kohl, guck mal, da ist sogar noch ein Stück Speck dabei, und Kasseler hab ich auch noch. Das kann man doch nicht zurückgehen lassen.«

Sehen Sie, und so kommt es, dass ich schließlich seufzend die Gabel ergreife und mich über die Portion Kohl und Pinkel hermache, die meine Frau nicht mehr geschafft hat.

Und dann habe ich endlich alle Teller leer gegessen, auch mein Bier noch getrunken. Ich habe bezahlt und erhebe mich, um mir die Jacke anzuziehen und um zu gehen, da steht meine Frau wie beiläufig neben mir, klopft mit der flachen Hand auf meinen Bauch und sagt: »Hör mal, du musst mal was dagegen tun - du wirst immer dicker.«

Das Kasseler ist ein Berliner

Es hilft gar nichts, aber wir müssen der betrüblichen Tatsache ins Auge sehen, dass der berühmte Kasseler Rippenspeer keine norddeutsche Erfindung ist und mit der so oft und so gern zitierten Kohl-und-Pinkel-Tradition nichts zu tun. Kasseler hat sich sozusagen in die Tradition hineingeschlichen, und zwar erst spät.

Das Kasseler stammt aus – nein, nicht aus Kassel –, was man bei flüchtiger Betrachtung des Namens vermuten könnte. Das Kasseler stammt aus Berlin, was uns insofern trösten mag, als Berlin dem Norden jedenfalls geographisch näher liegt als die hessische Stadt Kassel. Obwohl durch Kassel die Fulda fließt, was uns Bremer ja wiederum mit Kassel verbindet. Sie entsinnen sich: »Wo Werra sich und Fulda küssen, sie ihren Namen büßen müssen, und es entsteht aus diesem Kuss, deutsch bis ans Meer, der Weserfluss.«

Der Erfinder des Kasselers, das in Nordwestdeutschland, zumindest in Bremen und Oldenburg, zu jedem anständigen Kohlessen gehört, ist der Fleischermeister Cassel aus der Potsdamer Straße in Berlin.

Nageln Sie mich nicht fest mit der Frage, wann genau Herr Cassel das Kasseler erfunden hat. Vermutlich hat sich diese für Norddeutschland epochale Erfindung in der zweiten Hälfte des 19. Jahrhunderts zugetragen. Damals war in Berlin allgemeine Aufbruchsstimmung, und dazu gehörten natürlich auch alle möglichen Erfindungen.

Eines Tages nämlich nahm der Fleischermeister Cassel ein Stück Schweinerücken, pökelte es zunächst und räucherte es hinterher. Das Resultat war ein Stück Kasseler Rippenspeer.

In Anbetracht der sprichwörtlich tüchtigen Schlachtermeister unserer Region hätte das Kasseler im Grunde genommen auch bei uns erfunden worden sein können.

Es hätte dann nur anders geheißen.

Kochwürste

Das Problem eines Kohl-und-Pinkel-Gerichtes sind die Kochwürste.

Kochwürste gehören - wie wir wissen - zu jedem ordentlichen Kohl-und-Pinkel-Essen, doch es ist nirgends festgelegt worden, wie eine Kochwurst beschaffen zu sein hat.

Jeder Fleischer, so scheint es, hat sein ganz spezielles Kochwurstrezept, was im Übrigen gar nicht so verkehrt ist, weil auch fast jeder nordwestdeutsche Kohlesser seinen ganz speziellen Kochwurstgeschmack hat.

Das geht bis ins Detail.

Im November 2003 reklamierte ein Gast in einer typischen Kohlkneipe in Lilienthal bei Bremen den Geschmack der Kochwurst, die jedenfalls - wie er sagte - in den vorigen Jahren stets besser geschmeckt habe.

Der Wirt nahm das mit teilnahmsvollem Gesicht zur Kenntnis und versprach, der Sache gleich am nächsten Morgen auf den Grund zu gehen.

Drei Wochen später saß der Gast in der betreffenden Kneipe wieder vor einem Kohlessen. Er probierte sofort die Kochwurst, und seine Augen leuchteten.

»Genau so haben sie immer geschmeckt!«, schwärmte er. »Eben nur nicht beim vorigen Mal.«

Der Wirt nickte zufrieden.

Er war vor drei Wochen der Sache nicht auf den Grund gegangen, weil er sie schlicht vergessen hatte. Er hatte auch den Fleischer nicht gewechselt, und der Fleischer hatte nicht im Traum daran gedacht, das Rezept für die Kochwust zu ändern, zumal er von der Reklamation des Gastes überhaupt nichts erfahren hatte.

Sie erkennen daran, dass sich gerade bei der Kochwurst die Geister scheiden. Manchmal verläuft die Scheidung quer durch einen Kohlfreund hindurch.

Außerdem gibt es Kohlesser, die auf die Kochwurst verzichten können, wenn sie nicht ihren Vorstellungen entspricht.

Tatsache ist, dass es in Deutschland 365 Kochwurstsorten gibt, wobei zur Kochwurst alle jene Wurstsorten zählen, die aus vorgebrühten oder vorgekochten Fleischteilen, Innereien, Speck und Schwarten hergestellt werden.

Nach dem Abfüllen in Hüllen oder Dosen wird die Wurstmasse noch einmal gekocht. Einige Würste werden nach dem Abkühlen - wegen des Geschmacks und der besseren Haltbarkeit - auch noch ein paar Stunden bei etwa 18 Grad Celsius »kalt geräuchert«.

Es gibt bestimmte Kochwurstfamilien, zum Beispiel Leberwürste und Blutwürste, die um nichts in der Welt zu Kohl und Pinkel passen.

Eine besondere Familie aber ist unsere norddeutsche Kochwurst, die - im Gegensatz zur Leber- oder Blutwurst - zu Kohl und Pinkel gereicht wird. Diese Kochwurst wiederum besteht aus vielen Familienmitgliedern.

Eine dieser Familienmitglieder ist die »Bremer Gekochte«, die aber ebenfalls nicht zu einem Kohl-und-Pinkel-Essen gehört.

Im manchen Bremer Familien ist sie, zusammen mit Kartoffelsalat, das traditionelle Heiligabendgericht.

Am 1. Weihnachtstag gibt es dann Kohl und Pinkel, denn - so sagt ein Sprichwort - wer Weihnachten keinen Braunkohl isst, der bekommt Eselsohren.

Kartoffeln

Wer die Widersprüchlichkeit der menschlichen Natur plastisch darstellen möchte, der sollte sich an die Kartoffel halten, die ja seit etwa 200 Jahren eine unerschöpfliche Quelle des Spottes ist.

Es heißt im Sprichwort, die dümmsten Bauern haben die dicksten Kartoffeln, und ein auf kulinarischen Freuden basierendes, gesellschaftlich aber nicht ganz angemessenes Liebesglück wird als Bratkartoffelverhältnis bezeichnet.

Es gibt den Kartoffelbauch bei Leuten, die ihre körperliche Fülle nachweislich nicht dem Bier verdanken, sondern eben der Kartoffel.

Wer mit einer deformierten Nase behaftet ist, muss sich als Besitzer einer Kartoffelnase verhöhnen lassen und kann noch froh sein, dass nicht von seinem Kartoffelgesicht die Rede ist.

Unangenehme Dinge werden wie eine heiße Kartoffel fallen gelassen. Und Leute, die sich nicht entscheiden können und schwankend sind in ihrem Urteil und in ihrem Tun, werden gescholten mit dem Hinweis: »Rein in die Kartoffeln, raus aus den Kartoffeln!«

Die Einfalls- und Lieblosigkeit allzu bequem geratener Köche und Hausfrauen beziehungsweise Hausmänner wurden vor gar nicht langer Zeit mit dem Lied gebrandmarkt: »Kartoffelsupp', Kartoffelsupp', die ganze Woch' Kartoffelsupp'!«

Unter diesen Umständen ist es auch nicht weiter verwunderlich, dass es tatsächlich Leute gibt, die in

Hinblick auf die Bedeutung dieser Erdfrucht für die menschliche Ernährung die abfällig geäußerte Ansicht vertreten: Kartoffeln gehören in den Keller.

Dieselben Leute sind es dann, die ein Kohl-und-Pinkel-Essen nicht über die Lippen bringen, wenn dazu nicht wenigstens eine große Schale mit Salzkartoffeln und eine ebenso große Schale mit Bratkartoffeln gereicht werden.

»Ick seh di!«

Wenn Bremer Appetit haben auf ein typisches Oldenburger »Grönkohleten«, dann fahren sie nach Dreibergen am Zwischenahner Meer, wo sie im Fährkroog einkehren.

Zu diesem »Grönkohleten« gehört nicht nur der Fußweg von Bad Zwischenahn am Meer entlang, dazu gehört auch der Ammerländer Trinkspruch, der zum Löffeltrunk vom Kellner angestimmt und vom Gast beantwortet wird.

Der Zinnlöffel ist mit einem klaren Korn gefüllt, und der Spruch lautet:

Ick seh di!
- Dat freit mi!

Ick sup di to
- Dat do!
Prost!

Ick heb di tosapen
- Hest'n Rechten drapen!

So hebt wi da ümmer doon
- so schalt ok wieder gahn!

Einmal im Jahr zur Kohlzeit wandere ich mit meiner Frau von Bad Zwischenahn nach Dreibergen, wo wir uns das in der Pfanne servierte und für uns ungewöhnliche Kohlgericht schmecken lassen - nicht zuletzt auch die Oldenburger Pinkel. Einmal im Jahr kann man die essen. Als im vorigen Jahr der Kellner mit dem obligatorischen Löffeltrunk kam, bat ich meine Frau, die üblichen Antworten zu geben. Ich war nicht so richtig in Form.

»Ick seh di!«, sagte der Kellner, und meine Frau antwortete im besten Plattdeutsch, das sie in Niederochtenhausen bei Bremervörde gelernt hatte: »Dat freit mi!« Und so weiter.

In diesem Jahr bat ich meine Frau, wieder die Antworten zu geben. Aber sie weigerte sich standhaft und meinte: »Ich halte nicht so viel vom Löffeltrunk. Lass uns den Korn aus einem ganz normalen Glas trinken. Schließlich sind wir auch ganz normale Leute.

»Aber dann kommt der Ober nicht mit seinem Spruch«, gab ich zu bedenken.

»Das muss auch nicht sein«, meinte meine Frau, und dabei blieb es.

Hinterher gestand sie mir: »Ich finde den Spruch ja sehr nett. Aber als ich im vorigen Jahr die Antworten geben musste, habe ich in der Aufregung den Löffel quer in den Mund gesteckt und dabei die Hälfte des Korns verschüttet. Und so etwas Trauriges, das habe ich mir fest vorgenommen, wird mir nie wieder passieren.«

Rotwein zum Kohl

Es ist keine neue kulinarische Erfindung, Rotwein zum Kohl zu trinken, obwohl es für viele Bremer und Oldenburger immer noch sehr befremdlich wirkt, wenn ihnen ein schwerer Rotwein zu Kohl und Pinkel serviert wird. Zum Kohl gehören Bier und Schnaps - basta!

Wir können aber nicht daran vorbeigehen, dass auf der Bremer Schaffermahlzeit von 1545 seit mindestens 200 Jahren Wein zu Kohl und Pinkel getrunken wird. Das gilt auch für die Bremer Eiswette von 1829.

Dennoch: Kohl und Pinkel und - Rotwein?

Die Mitglieder des Bremer Weinkonvents zur Rose e.V. treffen sich einmal im Jahr zu einer Kohl-und-Pinkel-Fahrt, bei der es um die Frage geht: Welcher Rotwein passt zu Kohl und Pinkel?

Im Februar 2004 saßen sie zum siebten Male zusammen, um dieser Frage auf den Grund zu gehen. Und weil sie jedesmal die Weine aus einem anderen Weingebiet testen, war diesmal der spanische Wein dran. Denn letztlich muss ja die Antwort auf die Frage, welcher Rotwein zu Kohl und Pinkel passt, umfassend beantwortet werden.

»Und - haben Sie schon einen passenden Rotwein gefunden?«, wurde einer der Mitglieder gefragt.

Das Mitglied druckste ein bisschen.

»Wie man's nimmt«, sagte er. »Jedenfalls ist die Frage nicht leicht zu beantworten. Es muss immer wieder gnadenlos getestet werden. Dabei geht es nicht nur um den Wein. Es geht auch um Kohl und Pinkel.«

»Aber irgendwann werden sie doch alle Rotweingebiete dieser Welt getestet haben. Was dann?«

»Dann fangen wir wieder von vorn an.»

Doppelte Portion

Seit Tagen hatte sich der Bremer Außenhandelskaufmann Hermann Kröger von Kröger, Wellmann & Co. auf das häusliche Kohl-und-Pinkel-Essen gefreut. Es war vorzüglich zubereitet und nun war Kröger drauf und dran, sich zu einem dringend erforderlich gewordenen Mittagsschläfchen zurückzuziehen. Da fiel ihm siedendheiß ein, dass er einen wichtigen Mittagstermin verschwitzt hatte. Es war die Einladung eines ihm sehr verbundenen Geschäftsfreundes zu einem Mittagsessen im Ratskeller.

Nun war allerdings noch nichts verloren. Bei Krögers zu Hause wurde immer sehr früh gegessen. Spätestens um halb zwölf stand das Essen auf dem Tisch. Die Einladung aber war auf halb zwei terminiert.

So kam es, dass Hermann Kröger ohne allzu große Hast und halbwegs pünktlich im Ratskeller eintrudelte, wo er von seinem Geschäftsfreund mit der ihm nun geradezu gehässig in den Ohren klingenden Frage begrüßt wurde, ob er denn auch ordentlich Hunger mitgebracht habe.

Denn der Geschäftsfreund, ein gewisser Gottfried Schöller von Fr. Schöller & Sohn, der sich auf seine feine Lebensart viel zugute hielt, hatte ein opulentes Mahl zusammenstellen lassen, das traditionsgemäß mit Austern begann, für die der Ratskeller berühmt war.

Nach einer aus großen Kummen gefüllten Hühnersuppe gab es der Jahreszeit gemäß Kohl und Pinkel und zwar in einer Fülle, die eine Kompanie des 75. Infanterie-Regiments »Bremen« hätte sättigen können.

Kröger aß, nachdem er die Austern noch halbwegs genossen hatte, zwei ihm aufgenötigte Teller Suppe und langte auch - von Schöller immer wieder animiert - bei Kohl und Pinkel kräftig zu, nicht, weil er hungrig war, sondern weil er musste und sich obendrein dem vorwurfsvollen Blick des ihm bekannten Obers nicht aussetzen wollte. Ja, er fand sogar noch die Kraft, sich mit Herrn Schöller über die Qualität des Kohls und über die gemeinsamen Geschäfte zu unterhalten, wobei er beiläufig auch noch die Rote Grütze aß, die er eigentlich gar nicht essen wollte, weil er auch gar nicht mehr konnte.

Am nächsten Morgen allerdings äußerte sich Herr Gottfried Schöller in vertrauter Freundesrunde so:

»Einerseits ist Hermann Kröger ja ein bescheidener Mensch. Gestern beim Mittagessen habe ich ihn fast zu jedem Bissen nötigen müssen. Aber nach dem Essen, als wir in meinem Kontor noch einmal alles durchgingen, da hat er doch - ohne lange zu fragen - vier Kognak hintereinanderweg getrunken. Ehrlich gesagt, das fand ich dscha'n büschen haltlos.«

Kohlfreuden

Wenn es in meiner Kindheit Kohl und Pinkel gab, freute ich mich wie verrückt.

In meinem Elternhaus gab es damals, vor dem Krieg, Kohl und Pinkel nur sonntags - und natürlich aufgewärmt am Montag.

Sonntags war Fleischtag.

Unter der Woche gab es Erbsen-, Linsen- und vor allem Kartoffelsuppe (ohne Fleisch). Manchmal gab es Leipziger Allerlei, Himmel und Erde, Sauerkraut oder fleischlose Kohlrouladen. Freitags gab es Fisch - zum Beispiel Weserbutt, der lebend gekauft worden war.

Und wenn nun am Sonntag Kohl auf dem Speiseplan stand, wurde der schon am Sonnabend vorgekocht. »Kohl muss aufgewärmt gegessen werden«, war die Lebenserfahrung meiner Mutter.

Gewaschen aber wurde der Kohl am Sonnabend in der Badewanne - wo sonst, denn wir waren eine große Familie.

Und sehen Sie, wenn der Kohl, der morgens auf dem Markt gekauft worden war, mittags in die Wanne gesteckt wurde, dann brauchte es schon eine Zeit, um den Kohl gründlich zu säubern und vor allem die Raupen einzusammeln.

Dann wurde uns Kindern mit unendlichem Bedauern in der Stimme mitgeteilt, dass wir heute ausnahmsweise nicht baden dürften.

Und weil nun aber der Sonnabend der einzige wöchentliche Badetag war, fiel das Baden für diese Woche aus.

Und darum habe ich eine so erfreuliche Erinnerung an Kohl und Pinkel.

Kohl-und-Pinkel-Fahrt

Eine junge Dame in meiner Familie hat die Vorzüge einer Kohl-und-Pinkel-Fahrt entdeckt.

Sie hat zum ersten Male in ihrem Leben eine solche Kohl-und-Pinkel-Fahrt hinter sich gebracht, auf die sie sich streng genommen gar nicht gefreut hatte.

»Wie war's?«, frage ich neugierig.

»Geil!«, begeistert sie sich.

Ich verziehe ganz vorsichtig mein Gesicht, weil ich mich an diese in meiner Jugend drastische Ausdrucksweise nicht gewöhnen kann, und frage: „War der Kohl in Ordnung?«

»Der Kohl?«, fragt sie. »Na ja, es geht. Du weißt, ich mag nicht so gerne Kohl.«

»Und das Fleisch?«, möchte ich wissen.

Die junge Dame reibt sich die Nase. »Speck gehört ja nun einmal dazu«, sagt sie. »Kasseler auch, Kochwurst, natürlich, und Pinkel, Gott ja, wenn es sein muss.«

»Und was gab's zu trinken?«

»Cola. Was sonst?«

»Kohl und Cola?«

Ich gucke verzweifelt, weil ich mir diese merkwürdige Zusammenstellung gar nicht vorstellen kann.

»Also, jedenfalls«, sagt die junge Dame. »Auf Essen und Trinken kann man bei einer Kohl-und-Pinkel-Fahrt verzichten. Aber in vierzehn Tagen machen wir alle zusammen noch einmal eine Kohl-und-Pinkel-Fahrt.«

»Warum das denn?«, frage ich.

»Weil einige von uns noch in diesem Jahr ins Ausland gehen. Und die sind im nächsten Jahr nicht mehr dabei. Darum ziehen wir die nächste Kohl-und-Pinkel-Fahrt einfach vor.«

»Aber was ist es, um alles in der Welt, was eine Kohl-und-Pinkel-Fahrt für euch so reizvoll macht?«

»Die Kommunikation«, sagt die junge Dame. »Wenn du weißt, was das heißt!«

Kohl-und-Pinkel-Tradition

In Bremen hält man auf Tradition.

Vier Ehepaare, die einander vor unendlich langen Jahren teils beruflich, teils privat kennen gelernt hatten, kamen irgendwann einmal überein, gemeinsam eine Kohl-und-Pinkel-Fahrt zu unternehmen.

Termin sollte der letzte Sonnabend im Januar sein.

Beim ersten Mal wanderten sie durch den Bremer Bürgerpark, sangen an der Heinebank gemeinsam: »Was soll es bedeuten ...«, eine Frage, die keiner von ihnen in Hinblick auf die gemeinsame Kohlfahrt beantworten konnte. Und nach einem ordentlichen Kohl-und-Pinkel-Essen wurde beschlossen, im nächsten Jahr am letzten Sonnabend im Januar wieder eine Kohl-und-Pinkel-Fahrt zu machen, wobei ein Ehepaar beauftragt wurde, die dringend notwendige Kneipe auszuwählen und sich Spiele auszudenken.

Und diese Kohl-und-Pinkel-Fahrten am letzten Sonnabend im Januar wiederholten sich Jahr für Jahr.

Wanderwege gibt es genug, Kneipenziele auch. Ein Bollerwagen ist bei acht Personen nicht notwendig. Ein Rucksack für die notwendigen Getränke reicht. Die akustische Begleitung ist gesichert – einer der Herren besitzt einen grünen Regenschirm, der einen Kohlstrunk symbolisiert, mit einer Klingel daran.

Der grüne Regenschirm wird nicht in jedem Jahr benötigt, denn manchmal regnet es in Bremen ja nicht. Aber die Klingel am Regenschirm wird unentwegt benötigt.

Die vier Ehepaare sehen einander während des ganzen Jahres nicht, und wenn, dann nur zufällig. Aber auf den letzten Sonnabend im Januar freuen sie sich in jedem Jahr immer wieder wie verrückt.

Sie lernen Wanderwege und Kneipen in Bremen und umzu kennen. Einer der Herren trinkt grundsätzlich Rotwein zum Kohl, die anderen bevorzugen Bier. Es sei denn, sie kennen den Weinkeller des Wirts.

Eine der Damen hatte bei der ersten Zusammenkunft ein »Alster« bestellt, was unter den Bremern mit großem Befremden aufgenommen wurde – Hamburger »Alster«, ich bitte Sie.

Die Dame, die von der Mosel stammt und zum Beispiel den Bremer und den Hamburger Dialekt nicht auseinander halten kann, trinkt seitdem stets Apfelschorle.

Die Touren beginnen immer mit einer Wanderung – mit mehr oder weniger kulturellem Einschlag. Sei es nun, dass eine Kirche, ein Friedhof oder ein Park besichtigt wird.

Schnaps gehört dazu, Glühwein, Käse- und Wurstbrot (der Magen braucht ja immer eine kleine Unterlage), und jeder erzählt, was er im abgelaufenen Jahr erlebt hat und was ihm widerfahren ist.

Mit zunehmendem Alter geht es vor allem um Krankheiten. Die Herren tauschen unter anderem ihre PSA-Werte aus.

Nachdem sie die Kohlkneipe erreicht und sich an den Tisch gesetzt haben, halten sie einander an den Händen und sagen: »Piep, piep, piep, wir haben uns alle lieb ...« Es geht dann noch ein paar Zeilen weiter, auf die wir aber aus Platzgründen verzichten wollen. Sie sind auch nicht besonders tiefschürfend. Was ja auch nicht sein muss.

Nach dem Essen endet die Tour. Es werden noch ein paar freundliche Worte gewechselt. »Na ja, dann bis zum nächsten letzten Sonnabend im Januar!«

Ein jeder geht oder fährt - wie es gerade kommt - nach Hause und freut sich noch hinterher über die anregenden Gespräche.

Am vergangenen letzten Sonnabend im Januar gab es eine Veränderung.

Der Herr mit dem grünen Klingelschirm hatte sich etwas ausgedacht, was er zunächst unter einem am Schirm befestigten Tuch verborgen hielt.

Das Ausgedachte wurde mit großem Pomp und »Ah!« und »Oh!« enthüllt.

Die Klingel war weg. Stattdessen war ein bunter Kunststoff-Papagei an dem Schirm angebracht, ein Papagei, mit dem man hupen konnte.

Sehr lustig anzusehen und anzuhören - zugegeben.

Aber wo, um alles in der Welt, bleibt die Tradition?

Zumindest in der Geräuschkulisse blieb sie auf der Strecke.

Kohlfahrten ohne Frauen

Also, meine Herren, nehmen wir nun die Frauen mit auf unsere Kohl-und-Pinkel-Fahrt? Oder lassen wir sie lieber zu Hause?

In jedem Jahr wieder diese blöde Frage im Klub. Was soll das denn?

Muss man anständige und ordentliche Familienväter immer so in Verlegenheit bringen?

Karl ist das wieder gewesen. Bloß, weil er zu Hause Karbid kriegt, wenn er allein loszieht.

»Karl«, sage ich, »wenn du das Thema schon anschneiden musst, dann musst du auch die Frage in den Raum stellen, ob wir überhaupt genug Geld in der Kasse haben. Ich wette, wir können uns das gar nicht leisten.«

Die anderen gucken mich dankbar an. Nur unser Kassierer hat wie üblich nichts begriffen. Der sieht sich, der Esel, in seiner Ehre gekränkt, plustert sich auf und prahlt, Geld sei genug da. Wenn es danach ginge, könnte jeder von uns zwei Frauen mitbringen, und das hält er auch noch für einen gelungenen Witz.

Ich muss aber doch mal eben so zwischendurch ein mögliches Missverständnis ausräumen.

Es ist nämlich nicht so, dass ich Kohl und Pinkel grundsätzlich ohne meine Frau esse. Wenn es bei uns zu Hause Kohl und Pinkel gibt, isst meine Frau natürlich mit. Außerdem machen wir in der Winterzeit alle zwei, drei Wochen eine kleine Kohl-und-Pinkel-Fahrt. Wir zwei ganz allein, meistens mit dem Fahrrad oder zu Fuß, wie es gerade kommt. Sie glauben gar nicht, wie schön das ist.

Aber es gibt auch in meinem Leben Augenblicke, da möchte ich Kohl und Pinkel essen, ohne dass es schon beim dritten Nachschlag heißt: »Hermann, denk an deine Hosen, die morgen alle zu eng sein werden!«

Oder dass mir schon beim vierten Klaren gesagt wird: »Ich finde betrunkene Männer widerlich! Du nicht auch?«

Ich werf' mich also vor meinen Klubkollegen gewaltig in die Brust und halt 'ne Rede.

Ich sag: »Ich bin selbstverständlich auch dafür, meine Herren, dass wir die Frauen mitnehmen. Der Kohl schmeckt mir immer am besten, wenn meine Frau dabei ist. Aber ich möchte doch zu bedenken geben, was bisher noch gar nicht zur Sprache gekommen ist: Wir können die Frauen gar nicht mitnehmen, weil ... die Kneipe ist ja viel zu klein.«

»Wahrhaftig!«, ruft Karl, der seine Dusseligkeit von vorhin wieder gutmachen will. »Die Kneipe ist wirklich viel zu klein. Da wird es schon ohne Frauen eng.«

Die anderen nicken begeistert.

Keiner kommt auf die Idee, dass es auch größere Kneipen gibt, in die wir gehen könnten. Und ich halte meinen Babbel. Man muss auch einmal etwas für sich behalten können.

»Damit ist die Sache klar«, sagt der Vorsitzende. »Wir können die Frauen leider nicht mitnehmen. Ich höre keinen Widerspruch. Schluss der Debatte.«

Soweit war alles in Ordnung.

Aber nun mussten wir das ja noch zu Hause erzählen.

Ich übte unterwegs immerzu ein zerknirschtes Gesicht, und als ich zu Hause war, da konnte ich es.

Ich sagte zu meiner Frau: »Stell dir vor, die Kohl-und-Pinkel-Fahrt unseres Klubs findet in diesem Jahr wieder ohne Frauen statt. Ich wollte ja, dass ihr mitkommt. Du hättest mich mal hören sollen. Ich habe wie ein Volksredner argumentiert. Aber die anderen haben dagegengestimmt, die Schufte.«

Und meine Frau antwortete: »Das macht doch gar nichts. Ich hätte sowieso nicht gekonnt. Ich bin zu einer Kohl-und-Pinkel-Fahrt verabredet – ohne Männer.«

Kohl-und-Pinkel-Pflichten

Ungeachtet meines durchaus guten Verhältnisses zu meiner Frau stehe ich auf dem Standpunkt, dass Kohl-und-Pinkel-Fahrten eine reine Männersache sind. Allein schon deshalb, weil man sich bei einer solchen Gelegenheit vollstopfen kann, ohne den vorwurfsvollen Blicken der Frauen ausgesetzt zu sein.

Frauen sind ja von der Natur mit viel kleineren Mägen ausgestattet worden. Sie können sich infolgedessen gar nicht vorstellen, was in Kopf und Magen eines Mannes vor sich geht, solange er noch gefüllte Kohlschüsseln und Fleischplatten vor seiner Nase stehen hat.

Es ist aber gar nicht so leicht, einer Frau klar zu machen, dass sie auf einer Kohl-und-Pinkel-Fahrt eigentlich gar nichts zu suchen hat, zumal man ihr das auch nicht so direkt ins Gesicht sagen kann.

Frauen sind im Allgemeinen der Ansicht, dass Kohl-und-Pinkel-Fahrten ohne Frauen ein völlig unnützer Zeitvertreib sind und außerdem auch ungesund. Denn die Männer, meinen die Frauen, verlieren, sobald man sie allein lässt, die Kontrolle darüber, wann sie zum Beispiel mit den Schnäpsen aufhören müssen.

Aber es gibt zum Glück die so genannten dienstlichen oder auch geschäftlichen Kohl-und-Pinkel-Fahrten, bei denen sich die Frage, ob die Ehefrauen mitkommen sollen oder nicht, gar nicht erst stellt.

Doch selbst diesen dienstlichen Verpflichtungen gegenüber, von denen ja manchmal gewaltige Geschäftsabschlüsse abhängen, Beförderungen oder Gehaltszulagen, verhält sich meine Frau misstrauisch. Auf diese Weise habe ich vor einer solchen Kohl-und-Pinkel-Fahrt tüchtig zu tun, um ihr klar zu machen, wie wichtig für mich eine solche Kohl-und-Pinkel-Fahrt ist und wie schrecklich ich es finde, daran teilnehmen zu müssen.

Ich stöhne den ganzen Tag vor mich hin und weise in unendlichen Gesprächen auf das Kreuz hin, dass mir mein Beruf zu tragen gegeben hat, in dem er mir nicht einmal am Abend ein bisschen Freizeit gewährt, die ich doch so schön mit meiner lieben Frau verbringen könnte.

»Diese verdammten Kohl-und-Pinkel-Fahrten!«, schimpfe ich und raufe mir die Haare. Und immer wieder versichere ich ihr, wie gern ich zu Hause bliebe.

»Sag selbst«, sage ich, »wie soll ich mich verhalten?«

Ich gebe mir die Antwort selbst: »Ich muss da hin! Ich kann mich nicht drücken!«

Und meine liebe Frau fängt an, mich zu bedauern. Sie meint, am Ende könnte mir wirklich ein Schaden daraus entstehen, wenn ich nicht an der Kohl-und-Pinkel-Fahrt teilnähme.

»Armer Kerl«, sagt sie. Und ich merke gar nicht die Ironie, sondern freue mich über ihr verständnisvolles Verhalten.

Ich nicke verzweifelt, ziehe meinen Mantel an, setze den Hut auf und verlasse das Haus mit der

Miene eines Mannes, dem etwas ganz Widerliches bevorsteht.

Unter der Tür nehme ich Abschied von meiner Frau, ziehe die Tür hinter mir zu und - eile froh beschwingt dem Kohl-und-Pinkel-Fest entgegen.

Die Ostfriesen haben es gut

Die Ostfriesen haben es gut. Während zum Beispiel in Bremen die Kohlsaison mit dem Februar endet - spätestens aber Anfang März - wird in Ostfriesland und auch im cloppenburgischen Saterland der letzte Kohl gegessen und zwar in jedem Haushalt. Gründonnerstag ist Kohltag. Vom Karfreitag an freut man sich auf den Buß- und Bettag, denn dann beginnt die nächste Kohlsaison.

Das Naturheilverfahren

Auf Kohl-und-Pinkel-Fahrten wird gelegentlich auch gern gesungen. Karl Fissen hat in seinem vor Jahren erschienenen Buch »Van Grönen Kohl mit Speck und Pinkel« Oldenburger Kohllieder gesammelt. Darunter befindet sich ein Lied, das Louis Johanns 1906 geschrieben hat. Es trägt den Titel »Das Naturheilverfahren« und wird gesungen nach der Melodie »Stimmt an mit hellem, hohem Klang ...«:

Stimmt an ein Lied aus frischer Brust!
Es dampft herein zum Saale
Der Kohl, der uns zu neuer Lust
Vereint beim Festesmahle.
Die Barden sollen Lieb' und Wein
Doch auch den Kohl uns preisen,
Der kann dann zubereitet sein
Nach ganz verschied'nen Weisen:
Das Kohlfeld reicht von Pol zu Pol
Und hat sehr viele Arten,
Verliebte baun nur Rosenkohl
Und Blumenkohl im Garten.
Zum Hasenbraten mundet wohl
Rotkohl, Rotspon-begossen,
Wir preisen stets vom braunen Kohl
Die Blätter und die Sprossen.
Du kannst den Arzt und Medizin
Durch braunen Kohl ersparen.
Man nennt die Regelung durch ihn
Das Naturheilverfahren.

Genug

»Wem genug zu wenig ist, dem ist nichts genug«, warnt Epikur, der griechische Denker aus Athen.

Etwas mehr als zweitausend Jahre später verklookfidelt uns der niedersächsische Denker Wilhelm Busch, was er über den Begriff »genug« denkt, nämlich: »Wer nichts gebraucht, der hat genug.«

Ich kann nicht umhin, die beiden Herren aus vollem Herzen zu bewundern. Sie demonstrieren mit ihren Worten Bescheidenheit und Lebensklugheit gleichermaßen. Denn es ist ja hinreichend bekannt, dass der Mensch von seiner Konzeption her den Hals nicht vollkriegen kann.

Andererseits ist es gar nicht so leicht, von Fall zu Fall darüber zu entscheiden, wann man genug hat und wann nicht.

Nehmen wir mal den Fall von Donnerstag voriger Woche.

Ich saß ganz vergnüglich bei Kohl und Pinkel, zu dem es ein Glas eines sehr angenehmen Rotweines aus Württemberg gab. Es war eine Lemberger Spätlese des Grafen Neipperg. Und plötzlich - wie das manchmal so kommt - war das Glas leer.

Ein Glas Rotwein - das war eigentlich genug. Jedenfalls meinte das meine Frau. Sie meinte allerdings auch, eine Portion Kohl sei für den Abend ausreichend.

Ich hatte aber noch Appetit auf Kohl und infolgedessen auch auf ein Glas Wein. So kam ich nach längerem Nachdenken zu der Überzeugung, dass ein

Teller Kohl und ein Glas Rotwein, um genug zu sein, doch eigentlich zu wenig war.

Ich habe daraufhin noch einen Teller Kohl gegessen und noch ein Glas Wein getrunken. Einen dritten Teller Kohl konnte ich nicht mehr. Aber ein drittes Glas Wein. Und am Ende - gezählt habe ich nicht mehr - hatte ich Epikur widerlegt. Das Wort »Wem genug zu wenig ist, dem ist nichts genug« stimmte nicht mehr. Ich muss Ihnen gestehen, ich hatte bei weitem genug.

Dekadent

»Ich tu da dscha immer noch'n büschen Kardamom ran«, brachte sich Frau Papendiek aus der Kohlhökerstraße in Bremen immer dann zu Gehör, wenn das Gespräch auf Kohl und Pinkel kam.

Denn für Kohl und Pinkel fühlte sich Frau Papendiek als tagenbare Bremerin, die in der Altstadt aufgewachsen war und nun auch noch in der Kohlhökerstraße wohnte, kompetent.

Und nach der Kardamom-Einlage war sie dann dscha auch nich mehr zu bremsen.

»Also«, sagte sie, »ich koch den Kohl dscha nur mit Bauchspeck drin an und mit einer angepiksten Pinkelwurst, und auf'n Teller gehört nun mal neben dem Kohl und den Salz- und Bratkartoffeln eine ordentliche Portion Pinkel. Dann natürlich der Speck, geräucherter sowieso und manchmal auch frischer Bauchspeck. Und eine Kochwurst gehört dazu und ein Stück Kasseler. Und manchmal«, fügte Frau Papendiek hinzu, »leg ich noch eine Gänsekeule bei, was ich in Grunde dscha'n büschen dekadent finde. Aber mein Mann mag das so gern. Und der«, sagte sie mit vielsagendem Blick, »is ausse Neustadt.«

Dienstlich essen macht nicht dick

Hinrich Kuhlmann war als Baumwollkaufmann viel auf Reisen - von einem Geschäftsessen zum andern. Und auch wenn er mal in Bremen war, saß er immerzu mit Geschäftsfreunden im Ratskeller und studierte die Speisekarte, auf der er stets etwas Passendes fand. Mit Geschäftsfreunden essen zu gehen - das gehörte nun mal dazu. Und weil er sehr bremisch war, gab es im Winter meistens Kohl und Pinkel.

Es wird überliefert, dass er den in Hinblick auf ein bevorstehendes Kohl-und-Pinkel-Essen vorsichtig geäußerten Hinweis seiner Frau Renate, geborene Kastendiek, auf seine in letzter Zeit leider immer sichtbarer werdende Gewichtszunahme mit der Belehrung vom Tisch wischte:

»Eins will ich dir mal sagen, Renate, und da lass ich mich auch nicht von abbringen: Dienstlich essen macht nicht dick!«

Nichts gegen Steinbeißer …

Über das Verhältnis der Bremer zu Kohl und Pinkel ist schon viel gesagt und geschrieben worden. Aber - man lernt immer wieder dazu.

Irgendwann Ende der achtziger Jahre des 20. Jahrhunderts saß ich beruflich an einem sehr schönen Abend mitten in der Ägäis im Restaurant des damals Bremer Passagierschiffes »Europa« von Hapag-Lloyd.

Es gab Gänselebercremesuppe mit Trüffeln und Madeira, und es gab Medaillons vom Steinbeißer, pochiert in Weißwein. Außerdem wurde rosa gebratenes gespicktes Rinderfilet mit Sauce Colbert und Champignons mit Kräutern serviert. Also, es gab noch eine Menge mehr, worüber ich aber jetzt nicht reden will.

Während ich nun meine Freude an diesen kulinarischen Genüssen hatte, vernahm ich vom Nebentisch her, wo sich ein Ehepaar niedergelassen hatte, folgenden Monolog:

»Ach, Hertha, Gänselebercremesuppe mit Trüffeln und Madeira ess ich ja nun für mein Leben gern. Und der Steinbeißer - unvergleichlich. Aber, Hertha, in vierzehn Tagen, weißt du, was da ist? Da ist Buß- und Bettag, Hertha. Und da freu' ich mich jetzt schon auf deinen Kohl und Pinkel.«

Kohl und Pinkel und der neue Audi

Immer wenn Frau Kastendiek Kohl und Pinkel isst, und das dürfte in jedem Winter mehrmals der Fall sein, sagen wir mal wöchentlich, muss sie an die deutsche Autoindustrie denken.

In den siebziger Jahren des 20. Jahrhunderts gab es einen harten und schneereichen Winter. Es mag das Jahr 1979 gewesen sein. Und dieser Winter setzte in einem Augenblick ein, als Frau Kastendiek mit einer Freundin bei Heino Geffken in der Gaststätte zur Schleuse in Lilienthal saß und mit großem Vergnügen Kohl und Pinkel aß.

Die beiden Frauen waren mit einem nagelneuen Audi von Frau Kastendiek die kurvenreiche Straße am Truper Deich entlang zur Schleuse gefahren und hatten es sich dort gemütlich gemacht.

So gegen 21 Uhr trat Hinnerk Schnackenberg, Heino Geffkens Nachbar, in die Gaststätte und teilte den Anwesenden mit, dass ein Unwetter ausgebrochen sei - mit reichlich Schnee.

Er sagte. »Wenn Sie noch halbwegs heil nach Hause wollen - ich habe meinen Trecker hier, mit dem fahre ich gleich nach Lilienthal rein. Wer will, der kann sich anschließen.«

Alle Autofahrer waren froh, einen rettenden Engel gefunden zu haben. Nur Frau Kastendiek meinte: »Das haben wir gar nicht nötig. Mein Audi hat Vorderradantrieb. Und die Werbung der Autoindustrie sagt, Vorderantrieb ist für jedes Wetter.«

Die beiden Frauen blieben infolgedessen sitzen und genossen Kohl und Pinkel, ohne sich weiter Gedanken über die nahe Zukunft zu machen.

Als sie fertig waren, wollten sie zu ihrem Audi, der aber völlig verschneit war.

Sie schaufelten ihn frei, setzten sich in den Wagen und wollten abfahren. Doch der Wagen blieb nach wenigen Metern stecken.

Heino Geffken, Kavalier der alten Schule, machte seinen eigenen Wagen klar und bot sich an, den Wagen der Frauen ins Schlepptau zu nehmen, was sie dankend annahmen.

Das ging tatsächlich über einige hundert Meter gut. Doch dann war es vorbei. Beide Wagen blieben hoffnungslos im Schnee stecken.

»Was machen wir nun?«, fragten die Frauen.

»Ganz einfach«, sagte Heino Geffken. »Ich gehe nach Hause zurück, und Sie gehen die vier Kilometer bis zum Borgfelder Landhaus.«

Normalerweise ist das nicht schlimm. Wenn man durch ein Schneegestöber gehen muss - mit leichten und hochhackigen Schuhen an den Füßen, kann das zur einer Qual werden.

Das wurde es auch, wie Frau Kastendiek später in einem Lagebericht mitteilte. Letztlich kamen sie gesund, wenn auch etwas durchgefroren, zu Hause an.

Der Audi mit Vorderradantrieb, für jedes Wetter geeignet, konnte allerdings erst nach vierzehn Tagen wieder flottgemacht werden.

Und darum muss Frau Kastendiek immer an die deutsche Autoindustrie denken, wenn sie Kohl und Pinkel isst.

Da kannst dich an gewöhnen

Ein Schlesier aus Görlitz, den das Schicksal durch Kriegs- und Nachkriegsereignisse nach Bremen verschlagen hatte, wo er nach kurzer Zeit in den rundlichen Armen einer Bremerin gelandet war, fühlte sich in der neuen Heimat recht wohl, zumal er sich nach kurzer Zeit eine gute Existenz und einen fröhlichen Freundeskreis aufgebaut hatte.

Nur eines begriff er nicht. Die Vorliebe der Bremer zu Kohl und Pinkel, die im Übrigen auch seine an sich ganz patente Frau teilte. Im Winter gab es bei ihr einmal in der Woche Kohl und Pinkel - und zwar mit allen Schikanen, wie er das formulierte.

In den ersten Jahren, als seine Liebe zu seiner Frau noch in voller Blüte stand, schluckte er den Kohl anstandslos runter, wobei er trauernd an die schlesischen Klöße dachte, vereint mit Schwärtelbraten mit Kruste, ein Gericht, das ihm in seiner Jugend das Leben verschönt hatte und das nun für ihn verloren war. Schwärtelbraten ist eine Schweinekeule mit Schwarte.

Später, als sich die Liebe zu seiner Frau gesetzt hatte und zu einem vertrauten Gefühl der liebevollen Freundschaft gewachsen war, ließ er gelegentlich hier und da ein kritisches Wort über Kohl und Pinkel fallen, wenn auch sehr vorsichtig. Und wenn er mit Freunden an einer Kohl-und-Pinkel-Fahrt teilnahm, konnte er es sich nicht verkneifen, den schlesischen Klößen und dem Schwärtelbraten mit Kruste nachzutrauern und im inzwischen schönsten

Bremisch zu gestehen: »Also, ehrlich gesagt, Kohl und Pinkel kann ich nich ab.«

Er war schon weit über sechzig, als ihn seine Frau eines Tages mit schlesischen Hefeklößen überraschte, die sie zum Schwärtelbraten mit Kruste servierte. Sie hatte das Gericht in einem Kochbuch gefunden.

Die Augen ihres Mannes leuchteten, als ihm diese Kostbarkeit aus seiner Jugend gereicht wurde, und weil seine Frau tatsächlich eine anerkannt gute Köchin war, hatte er an dem Gericht nichts auszusetzen.

Das kulinarische Glück des Schlesiers wiederholte sich mehrmals. Aber es dauerte nicht lange, da fragte er seine Frau: »Wann gibt es eigentlich mal wieder Kohl und Pinkel?«

Seine Frau, die seine Leiden während der Kohl-und-Pinkel-Zeit über die Jahrzehnte mit stillem Gram beobachtet hatte, fiel aus allen Wolken.

»Kohl und Pinkel?«, fragte sie. »Das magst du doch gar nicht?«

Er druckste ein bisschen und meinte dann: »Ach, weißt du, da kannst dich an gewöhnen.«

Freimarkt und Kohl und Pinkel

Bitte, diese Geschichte sieht bei oberflächlicher Betrachtung aus, als spiele sie auf dem Bremer Freimarkt, was sie im Grunde ja auch tut.

Was mich betrifft, so habe ich bei einem meiner Besuche auf dem Bremer Freimarkt, es war der letzte Freimarktstag, drei Schaschlik hintereinander weggegessen, nachdem ich mir zuvor, sozusagen als Vorspeise, ein Aalbrötchen gegönnt hatte. Die beiden Bratwürste zählen nicht dazu, denn Bratwürste auf dem Freimarkt sind obligatorisch. Hinterher gab es selbstverständlich eine große Portion Eis – mit Schaum. Kein Eis der Welt schmeckt so gut wie das Eis mit Schaum auf dem Freimarkt. Und auf Türkischen Honig kann ich auch nicht verzichten.

Es war allerdings, wie ich schon eingangs bemerkt habe, ein Abschiedsessen. Denn jeder Freimarkt geht einmal zu Ende, und mein Schmerz darüber wird jedes Jahr nur gelindert durch die erfreuliche Tatsache, dass gleich nach dem Freimarkt im November die Kohl-und-Pinkel-Zeit beginnt.

Nun werden Sie möglicherweise sagen: Der Kerl denkt nur ans Essen.

Das stimmt in gewisser Weise auch, weil nämlich – wie jeder weiß – sämtliche Freuden des Lebens mit zunehmendem Alter nicht mehr ungehemmt genossen werden können, so dass ich nicht mehr wie früher täglich zwei bis drei warme und außerdem deftige Mahlzeiten einnehmen darf.

Ich bekomme nur noch sporadisch zu essen, und dann, versteht sich, ballaststoffreich, was nach der ausführlichen Argumentation meiner Frau eine gesunde Kost sein soll. Jedenfalls für Leute, die zu körperlicher Fülle und hohem Blutdruck neigen.

Dieser bedauernswerten Bevölkerungsgruppe gehöre ich an, wie meine Frau behauptet.

Sehen Sie, unter diesen Umständen denkt ein Mensch wie ich häufiger ans Essen, was sich von selbst verböte, wenn ich den Bauch voll hätte.

Ein voller Bauch schränkt, wie schon die alten Römer wussten, das Denken ein. Ich könnte Ihnen das sogar lateinisch vortragen, denn mein Vater benutzte das Sprichwort gern, wenn wir beim Essen saßen und ich nicht aufhören konnte. Aber der Letzte, der seine Reden und Schriftstücke mit lateinischen Zitaten zierte, war der Bayer Franz-Joseph Strauß, und mit dem kann ich nicht konkurrieren.

Mein Schmerz also, dass ich Abschied nehmen muss von den wundervollen Schaschlik- und Bratwurstbuden, von den Aalbrötchen- und Eisverkäufern, wird besonders verständlich, wenn man weiß, dass mir nach all meinen freimarktlichen Ausschweifungen bereits eine gewisse Enthaltsamkeit während der Kohl-und-Pinkel-Zeit angedroht worden ist.

»Du bist ja«, sagt meine liebe Frau und mustert mit unverhohlenem Staunen meine Mittelpartie, »diesmal vor der Kohl-und-Pinkel-Zeit dicker als das vorige Mal danach.«

In dieser Situation kommt mir die so oft gescholtene Astrologie zur Hilfe.

In einem meiner Horoskope für den Monat November heißt es: »Folgen Sie Ihrer inneren Stimme. Es ist gesünder, einmal über die Stränge zu schlagen, was die Ernährung angeht, als sich stets gesund zu ernähren und dabei dauernd vom Essen zu träumen.«

Das ist doch endlich einmal eine astrologische Empfehlung, der man vorbehaltlos zustimmen und auf der Stelle folgen kann, zumal das einmalige Über-die-Stränge-Schlagen zeitlich nicht begrenzt wird.

Mein Problem ist nur, dass ich meine Frau von der Seriosität einer solchen Empfehlung überzeugen muss.

Sie hält nichts von der Astrologie.

Aphrodisiakum

Ich möchte Ihnen die Geschichte von meinem Freund Erich erzählen, der nämlich einen Vogel hat.

Er meint, der Mensch, wenn er so richtig glücklich und zufrieden sein wolle, käme ohne ein Aphrodisiakum überhaupt nicht aus.

Erich kommt alle naselang angeschiddert und erzählt mir: »Du, jetzt habe ich eine Woche lang jeden Tag Sellerie gegessen. Sollst man seh'n!«

Und wenn ich ihn nach ein paar Tagen frage: »Na, wie ist das denn mit dem Sellerie?«, dann winkt er ab und sagt: »Alles Quatsch! Ich bin jetzt auf Spargel umgestiegen. Ich esse egalweg Spargel!«

Na ja, was soll man dazu sagen?

Wissen Sie, Spargel ess ich auch sehr gern. Aber dass Spargel nun gerade meine Liebeskraft steigert, das ist mir überhaupt noch nicht aufgefallen.

Und wenn sowieso keine Spargelzeit ist, was dann?

Ich frage also Erich beiläufig nach ein paar Tagen: »Sag mal, was machst du denn so ohne Spargel, wenn es keinen gibt?«

»Spargel«, sagt er daraufhin, »ist ein großer Blödsinn!«

Er habe sich stattdessen Kaviar empfehlen lassen. Den müsse er allerdings heimlich essen, damit Bärbel, seine Frau, das nicht merke. Die jammere sowieso über das Haushaltsgeld, das hinten und vorne nicht reiche.

Und wenn er, so sagt er, gerade keinen Kaviar zur Hand habe, dann besorge er sich Trüffel, die seien auch ganz gut geeignet.

Ich sage ein bisschen nachdenklich: »Junge, Junge, dascha'n teuren Spaß, den du dir da gönnst!«

Aber wenn es um so etwas geht, dann ist meinem Freund Erich gar nichts zu teuer.

Als ihm neulich einer aufgeschwatzt hat, Krokodilfleisch sei der reinste Liebeszauber, da hat nicht viel gefehlt und Erich wäre schnurstracks an den Nil gefahren.

»Erich«, habe ich gesagt, »nimm ordentlich Salz und Pfeffer mit. Krokodilfleisch schmeckt so streng. Und pass auf, dass sie dir da nicht so viel Knoblauch reinhauen. Dann riechst du nachher aus dem Mund, und dann nützt deine ganze Liebeskraft nichts.«

Er sagt: »Hast Recht.« Und meint, das Horn vom Nashorn sei sowieso wirkungsvoller als Krokodil und Knoblauch zusammengenommen. »Bloß«, sinniert er, »wo kriegst du hierzulande ein Nashorn her?«

Aber das ist überhaupt kein Problem.

Ich habe neulich gelesen, dass man - statt Nashornhörner zu essen - seine Fingernägel abknabbern könne, weil nämlich - Nashornhörner und menschliche Fingernägel, da gäbe es in der Konsistenz überhaupt keinen Unterschied.

Was sage ich Ihnen: Erich läuft daraufhin tagelang mit abgeknabberten Fingernägeln rum, bis er Ärger mit Bärbel kriegt, die sich daran stört. Und was nützt die schönste Liebeskraft, wenn deine Frau stocksauer ist auf dich, weil du deine Fingernägel abkaust.

Also ist Erich auf Granat umgestiegen, die ja auch sehr wirkungsvoll sein sollen, wie alle an der Küste wissen. Jedenfalls wirken sie immer bei den anderen.

Erich ist dreimal in der Woche in das Nordseebad Wremen gefahren, was ja ein Fischerort ist.

Er hat dort Granat direkt am Kutter gekauft, vier bis fünf Pfund. Die hat Bärbel, seine Frau, alle ausgepult.

Weil das aber nur abends ging, wissen Sie, Bärbel hat noch einen Beruf und kommt tagsüber nicht aus dem Büro raus, ist Bärbel ganz müde von der Pulerei geworden und hat zu Erich gesagt: »Iss du man deine Granat. Ich geh schon ins Bett.«

Ehe er dann seine vier bis fünf Pfund Granat weggeputzt hatte, war Bärbel schon eingeschlafen.

Ja, und dann die Sache mit Braunkohl, der außerhalb Bremens Grünkohl genannt wird.

Der Bauer auf dem Markt, so ein ganz plietscher Kerl, der hat Erich einen Vortrag gehalten über den Kohl und seine ungeheure Wirkung.

Er hat dabei, der Bauer, mit den Augen geplinkert, was Erich aber für eine angeborene Macke gehalten hat.

Danach hat Erich im Lexikon nachgesehen und erfahren, dass schon die alten Römer den Kohl als ein Allheilmittel betrachtet haben. Ob das nun Braun- und Grünkohl war, das stand nicht dabei. Es war nur von Kohl die Rede. Und Kohl ist Kohl und Braunkohl und Grünkohl ist auch Kohl.

Und was meinen Sie? Erich haut sich seitdem mit Braunkohl voll.

Aber Braunkohl wiederum kann man, wie jeder weiß, nicht trocken runterwürgen. Dazu gehört ein anständiger Korn, und natürlich Bier.

Und wenn Erich, kennst ihn ja, einen Korn trinkt, dann braucht er gleich noch einen zweiten hinterher, einen dritten und vierten. Im Nu ist eine halbe Flasche Korn leer - vom Bier ganz zu schweigen, weil ja zu jedem Korn auch ein Bier gehört.

Und dann, ja, knallt Erich mit seinem Kopf auf die Tischplatte, weil - er kann ja nichts ab.

Und wenn einer erst in diesem Zustand ist, dann ist der ganze Liebeszauber für die Katz.

Eislauf

Damals, in den siebziger Jahren, war Karl noch dabei, als wir mit unseren Schlittschuhen auf der Hamme von einem Grog zum anderen schlitterten, und Carsten lebte noch, der immer voller Blödsinn steckte.

Na, ja, das ist nun lange her, und nachdem ich einmal unweit von Neu-Helgoland derart auf den Kopf gefallen bin, dass meine Frau schon dachte, ich hätte einen Schädelbruch erlitten, was aber, Gott sei Dank, nur so klang, also, seitdem bin ich vorsichtiger geworden.

Immer noch habe ich die Worte meiner Frau im Ohr, die, nachdem sie den Schreck überwunden hatte, ziemlich trocken die Situation in den Satz zusammenfasste: »Wenn's dem Esel zu wohl ist, geht er aufs Eis und schlägt sein Hirn entzwei - wenn er eins hat!«

So etwas überhöre ich normalerweise. In diesem Falle allerdings wurde ich nachdenklich, und ich sagte mir: »Guck lieber zu, wenn andere Schlittschuh laufen. Das ist für dich ungefährlicher.«

Und dann, als vor einigen Jahren die Hamme wieder einmal zugefroren war, bin ich nach Neu-Helgoland am Rande von Worpswede gewandert - alle drei Kilometer gab es ein Schnäpschen aus dem Flachmann -, und in Neu-Helgoland habe ich mir einen Grog brauen lassen, extra für mich.

Ich habe am Ufer gestanden und den jungen Leuten zugeguckt, und als meinen Füße kalt wurden, bin ich rein und habe Kohl und Pinkel gegessen - mit allem Drum und Dran.

Nur schade, dass Karl nicht dabei war.

Denn mit Karl kannst nix mehr anfangen. Der packt im Oktober seine Koffer, sagt »Tschüss!« und düst ab nach Gran Canaria.

Er sagt: »Musst mal mitfliegen! Gran Canaria - egalweg Sommer. Keine kalten Füße, keine drippelnde Nase, kein gar nix. Nur Sommer!«

Also, wenn Sie mich fragen: Gegen kalte Füße gibt es Grog oder Rotwein. Und meine drippelnde Nase, die seh ich ja nicht. Und wer sie sieht und sich daran stört, der kann doch weggucken.

Nee, Kinners, auf den Winter verzichte ich nicht. Der Winter ist die schönste Jahreszeit, und wenn der Winter zur Neige geht, dann freue ich mich auf den Frühling, denn auch der ist die schönste Jahreszeit.

Und dann kommen noch zwei wunderschöne Jahreszeiten, Sommer und Herbst. Und dann kommt wieder der Winter, auf den ich ja seit März warte. Und wenn der erste Frost kommt, gibt es Kohl und Pinkel - und wieder mit allem Drum und Dran, ganz egal, ob ich an der Wümme sitze, an der Hamme oder an der Wörpe, und ob nun das Wasser der Flüsse gefroren ist oder nicht. Mir schmeckt's.

Meine Güte, wie bin ich reich.

Und Karl ist arm - mit seinem ewigen Sommer und ohne Kohl und Pinkel!«

Ernstes über Kohl aus Diepholz

Wir dürfen wohl davon ausgehen, dass die Natur den Kohl nicht einzig und allein zu unserem Vergnügen wachsen lässt, schon gar nicht als Alibi für überreichlichen Schnapskonsum, sondern - zuallererst unserer Gesundheit wegen.

Herr Fohring aus Aschen bei Diepholz hat mich vor vielen Jahren einmal darauf aufmerksam gemacht.

Bei Fohrings gab es damals - ich weiß nicht, wie es heute ist - den Diepholzer Strunkkohl, der wohl am ehesten verwandt ist mit dem Bremer Braunkohl, der ja bis auf wenige Ausnahmen nahezu ausgestorben ist.

Der Diepholzer Strunkkohl ist ein Langkohl, der für die Menschen früherer Zeiten allein schon deshalb von großer Bedeutung war, weil sie sich ihn mit dem Vieh brüderlich teilen konnten.

Die zarten Blätter bekam der Mensch, den Rest das Vieh. Außerdem war er - und das hat er mit dem heutigen Grünkohl gemeinsam - sehr vitaminreich.

Das hat schon der Sanitätsrat Dr. Frank aus Diepholz gewusst. Der fuhr immer mit zwei Gespannen Pferden, trug wintertags einen Pelzmantel und steckte seine Finger in einen Muff. Wenn der während der Kohlzeit nach Aschen kam, fragte Oma Fohring: »Na, Herr Dokter, hefft Se ne Masse to don?« Und der Dokter antwortete: »Nee, Mudder Fohring, de Lüe eet toveel bruunen Kohl.«

Von Herrn Fohring habe ich auch die alte Version wieder gehört, dass der braune Kohl braun wird vom langen Kochen. Er hat das selbst erlebt, denn Oma Fohring, seine Mutter, sagte immer: »Den Kohl musst fröh upsetten.«

Dann hing der mindestens drei Stunden über dem Torffeuer, und dann war'n die Vitamine natürlich weg. Aber der Kohl war schön braun.

Und nun will ich Ihnen noch eine Lebensweisheit von Opa Fohring erzählen. Der sagte immer, dass Braunkohl vor Sonnenuntergang gegessen werden müsse. Grad so, wie die Bayern ihre Weißwürste vor dem Mittagsläuten essen.

Bei den Bayern ist das klar. Die woll'n verhindern, dass sie zum Mittagessen Weißwürste kriegen. Denn Weißwürste sind für sie kein Mittagessen, sondern eine Vorspeise.

Ich hab mal in einer Kneipe bei der Frauenkirche in München einen Münchner erlebt, der knackte so sechs bis acht Weißwürste hintereinander weg, und just als er den letzten Zipfel verstaut hatte, läuteten die Mittagsglocken. Da wischte er sich seinen Mund ab, stand auf, zog seine Jacke glatt und sagte: »So, jetzt geh ich heim zum Mittagessen.«

Warum aber Opa Fohring seinen Kohl vor Sonnenuntergang essen wollte, das lässt sich nur vermuten. Herr Fohring meinte damals, es sei seinem Vater darum gegangen, die Laus zu finden, die gegebenenfalls noch im Kohl war.

Denn Sie müssen wissen, dass der Kohl früher sehr häufig von Läusen befallen war. Die gingen zwar beim ersten Frost tot. Aber die eine oder andere schmuggelte sich durch und wanderte mit in den Kochtopf. Für den einen oder anderen war das noch'n Glück. Meine Oma, die holsteinische, zum Beispiel, die mit irdischen Gütern nicht gesegnet war, sagte immer: »Beeter'n Luus in Kohl als gar keen Fett.«

Und weil Sie nun bis hierhin so nett gelesen haben, verrate ich Ihnen auch ein Rezept: Wenn Sie zu Weihnachten Kohl essen - so jedenfalls machte das Mudder Fohring immer - gehört da Kleinzeug von Geflügel rein - wohlgemerkt, in den Kohl. Das sind also Flunken, Hals, Magen und andere Innereien. Sie soll'n mal sehen, wie gut das schmeckt.

Und was trinken Sie zum Kohl? Natürlich Bier! Und Schnaps!

Es geht aber auch mit einem kräftigen Rotwein.

Meine Oma, die aus Pommern, die trank zum Kohl schwarzen Kaffee. Aber die trank zu allem Kaffee und auch zu gar nichts, weil sie zeitlebens schwer leidend war und immerzu sterben wollte. Nur der Kaffee hielt sie am Leben. Und so ist sie 85 Jahre alt geworden.

Ostfriesisches Kohlessen

Ein ostfriesisches Kohlessen beginnt, wie könnte es anders sein, mit einer Boßelpartie, bei der man nicht ganz genau weiß, was wichtiger ist, das Boßeln oder der Schnaps nach jedem Wurf.

Gehen wir mal davon aus, dass das Boßeln unverzichtbar ist.

Boßeln ist ein alter ostfriesischer Volkssport, zu dem man Boßelkugeln, die kilometerlangen ostfriesischen Straßen und ein Netz mit einem Stock braucht. Das Netz ist wichtig, um die Boßelkugeln aus den Gräben links und rechts der Straßen zu fischen.

Die Ostfriesen sind natürlich, was das Kohlessen betrifft, ein eigenwilliges Volk.

Bei ihnen gibt es zum Kohl normalerweise eine anständige Mettwurst. Sie ist nach Einschätzung der Ostfriesen so gut, dass sie alle anderen Fleisch- und Wurstbeilagen überflüssig macht.

Das ostfriesische Gastgewerbe hat sich allerdings ein bisschen auf die Kohltouristen aus Bremen und Oldenburg eingestellt, so dass man gelegentlich die in Oldenburg und Bremen üblichen Beilagen bekommt, wobei man sich mit der Pinkelwurst ein bisschen schwer tut.

Die Ostfriesen mögen die Bremer lieber leiden als die Oldenburger. Andererseits liegen die Oldenburger näher dran.

Aber so ganz geht auch das Eigenwillige nicht raus.

In Uplengen bekamen wir einmal zum Kohl eine anständige Bremer Pinkel, eine verhältnismäßig kleine Oldenburger Pinkel, Kasseler, geräucherten und frischen Speck, Kochwurst und - die obligatorische ostfriesische Mettwurst.

Und ob wir wollten oder nicht. Wir mussten das Gericht ratzekahl aufessen.

Alles andere wäre uns als geradezu feindliche Unhöflichkeit ausgelegt worden.

Am Ende gab der sichtlich zufriedene Gastwirt für uns einen aus.

Kohlsuppe mit Bratwurst

Im Münsterland könnte man gelegentlich den Eindruck haben, Kohl wird dort als Suppe zubereitet, was aber die Münsterländer vehement abstreiten.

»Kohlsuppe?«, fragte ein Münsterländer, der vor einem Teller Kohlsuppe saß. »Dass ich nicht lache.«

Und dann begann er zu erzählen, dass im Münsterland Speck, Schinken, Zwiebeln und Griebenschmalz in einen Topf gegeben werden. »Ist das eine Suppe?«

Darauf wird der vorbereitete und vor allem klein geschnittene Kohl gefüllt. »Auch das ist keine Suppe!«

Dann wird alles mit Brühe aufgefüllt und zum Kochen hingestellt.

»Brühe?«, fragte der Bremer.

»Natürlich Brühe. Die gehört doch dazu. Aber nicht so viel, damit es keine Suppe wird.«

Also, gut! Lassen wir die Sache mit der Suppe. Aber was ist mit Fleisch?

Im Münsterland werden zum Kohl Kasseler und geräucherte Mettenden gereicht. Aber die Münsterländer sind in dieser Beziehung nicht dogmatisch. Sie lassen auch eine grobe Bratwurst gelten.

»Grobe Bratwurst«, sagte der Bremer, »passt gut zur Kohlsuppe!«

Daraufhin sagte der Münsterländer: »Ja!«

In der Heimat Till Eulenspiegels

Im Braunschweigischen, in der Heimat Till Eulenspiegels, nehmen sie den Kohl durchaus wichtig, nicht ganz so wichtig wie im Bremischen und im Oldenburgischen - aber dazu gehört sowieso eine besondere Mentalität.

Es ist jedenfalls überraschend, dass die Braunschweiger offenbar eine sehr enge geistige Verbindung zu den Bremern haben, wobei ich nicht auf Till Eulenspiegel schiele, der sich zeitweilig in Bremen recht wohl gefühlt hat, sondern auf den Kohl. Die Braunschweiger nämlich sprechen von Braunkohl.

Das allerdings ist die einzige Kohl-Verwandtschaft mit den Bremern. Schon bei der Zubereitung eines Kohlessens trennen Bremen und Braunschweig Welten.

Die Braunschweiger setzen ein Stück Schweinefleisch, das gut durchwachsen sein muss, zusammen mit dem Braunkohl zum Kochen auf, wobei sie - und das haben sie mit den Oldenburgern und Bremern gemeinsam - sehr penibel darauf achten, dass der Kohl Frost bekommen hat.

Zu einem Braunkohlessen gibt es im Braunschweigischen Salzkartoffeln und Brägenwurst, die aus Brägen und heutzutage auch aus Schweinefleisch besteht, außerdem aus Zwiebeln und allerlei Gewürzen. Kurz vor dem Essen wird das Stück Schweinefleisch aufgeschnitten.

Im Raum Helmstedt, was auch zum Braunschweigischen gehört, isst man zum Braunkohl Bratkartoffeln, weil dort Bratkartoffeln zu fast allen Gerichten serviert werden.

Außerdem heben sich die Helmstedter von den Braunschweigern ab, indem sie als Fleischbeilagen neben der Brägenwurst Kasseler und Bauchfleisch reichen, was die Helmstedter mit den Hannoveranern gemeinsam haben. Auch in Hannover, das - wie wir wissen - nicht zum Braunschweigischen gehört, isst man zum Kohl Kasseler und Bauchfleisch. Pinkel kennt man in Hannover nicht, will es vielleicht auch gar nicht kennen lernen. In Hannover ist man ein bisschen etepetete.

Übrigens gibt es im Helmstedter Raum und auch in Halberstadt, was ja nach der Wende nicht mehr weit vom Braunschweiger Raum entfernt liegt, noch eine andere Zubereitungsart für den Braunkohl.

Er wird dort gelegentlich mit Birnen gekocht, was sehr an das schleswig-holsteinische Nationalgericht Bohnen, Birnen und Speck erinnert.

Till Eulenspiegel, der ja auch in Schleswig-Holstein war, lässt grüßen.

Kohl und die pommerschen Gänse

In Mecklenburg und Vorpommern gehört der Kohl, wie überall in Norddeutschland, zu den ungetrübten kulinarischen Winterfreuden.

Allerdings steht man den nordwestdeutschen Fleischbeilagen etwas reserviert gegenüber, was aber naturgegeben ist. Das Land zwischen der Lübecker Bucht und Usedom ist das Mekka der Gänseliebhaber. Denn überall dort - besonders aber in Vorpommern - gibt es große Gänseherden. Infolgedessen isst man in Mecklenburg und Vorpommern vor allem Gänsefleisch zum Kohl.

Und zwar so viel, dass sowieso kein anderes Fleisch mehr auf den Teller passt.

***

Für pommersche Verhältnisse etwas ungewöhnlich sind die Kohlwochen auf Rügen, wobei es sich bei dem Kohl allerdings nicht nur um Grünkohl handelt.

Auf Rügen also findet Anfang Oktober, wenn die Kohlernte in Wittow beginnt und der Wittower Kohlmarkt abgehalten wird, in Restaurants ein merkwürdiges Kohlessen statt.

Der Kohl wird in den Küchen der Restaurants in allen erdenklichen Zubereitungsarten angerichtet und den Gästen serviert. Zu den besonderen Kreationen zählen Grünkohlsuppe mit Lungenwurst oder - was uns weniger interessieren sollte - Kalbskopfsülze auf Rot- oder Weißkohl und Riesenkohlrouladen.

Der Wittower Kohlmarkt - und das ist nun wieder interessant - findet auf dem Parkplatz Putgarten am Kap Arkona statt.

Grünkohl in Dresden

Als sich die Hamburger nach der Wende bei den Dresdenern anködeln wollten, gaben sie ein großes Fest, das sich jährlich wiederholen sollte, was auch geschah. Höhepunkt des Festes war und ist ein Grünkohlessen.

Ein Bremer aber, der aus beruflichen Gründen bei der ersten Veranstaltung dabei war, vermisste zum Kohl die Pinkel. Er bekam nach dem Essen zufällig den Koch zu fassen, dem er sein kulinarisches Dilemma schilderte.

Der Koch, der aus Hamburg stammte, ließ nicht mit sich reden, zumal er Pinkel, wie er behauptete, gar nicht kannte.

Der Bremer, der zu der Zeit in Dresden lebte, lud daraufhin einige der Dresdener, die an dem Fest teilgenommen hatten, zu sich nach Hause ein und servierte ihnen ein deftiges Kohl-und-Pinkel-Essen, wie er es von sich zu Hause gewohnt war.

Seitdem lassen sich viele Dresdener während der Winterszeit Pinkel aus Bremen schicken, was nicht ausschließt, dass sie nach wie vor das jährliche Grünkohl-Fest der Hamburger besuchen.

»Kostet ja nichts«, meinte ein Dresdener. »Und ganz gut geeignet, um sich Appetit auf Grünkohl zu holen. Richtig gegessen wird zu Hause.«

Des Königs Leibspeise

Der in der ersten Hälfte des 18. Jahrhunderts im preußischen Potsdam residierende Soldatenkönig Friedrich Wilhelm I., der selbst nie in einen Krieg gezogen ist - seine Soldaten waren sozusagen sein »Spielzeug« -, liebte Grünkohl über alles, abgesehen von seinen »langen Kerls«, für die er ohne weiteres auf eine Mahlzeit Kohl verzichtet hätte.

Der Kohl für den König musste mit Schinken gekocht sein, und dieser Schinken war dann auch die einzige Fleischbeilage, die dem König behagte. Kasseler kannte er noch nicht. Pinkel war ihm fremd.

Ungewöhnlich war die Trinkgewohnheit des Königs, der im Grunde gar kein Feinschmecker war, sondern im Allgemeinen aß und trank, was auf den Tisch kam. Es musste nur preiswert sein, denn Friedrich Wilhelm war ein sparsamer Mensch.

Zum Kohl aber bevorzugte er einen schweren Bordeaux - und damit befand er sich in Übereinstimmung mit vielen Feinschmeckern unserer Zeit, die ebenfalls lieber einen schweren Bordeaux zum Kohl trinken als ein Bier.

Ob der König zum fetten Kohl und zum Schinken Senf brauchte, ist nicht überliefert. Sein Sohn allerdings, König Friedrich II., der als »der Große« und als »Alter Fritz« in die Geschichte einging, würzte seinen Kaffee, den er seinen Untertanen verboten hatte, mit Senf.

Stoßseufzer eines Bremers: »Lieber Kaffee als Kohl und Pinkel mit Senf!«

Kohlfrikadellen

Unlängst habe ich in Franken im Schlossgarten von Veitshöchheim, das sieben Kilometer von Würzburg entfernt liegt, Grünkohl entdeckt.

Nun weiß ich aus Franken, dass es dort, in Volkach zum Beispiel, Leute gibt, die Grünkohl für Viehfutter halten. Infolgedessen rief ich bei Frau Müller an, die für den Küchengarten im Schlossgarten in Veitshochheim zuständig ist.

Frau Müller teilte mir mit, dass sie in ihrem Küchengarten nicht nur Grünkohl zöge, sondern auch Palmkohl, der sich geschmacklich kaum vom Grünkohl unterscheide.

Ob nun aber die alten Würzburger Fürstbischöfe, die in Veitshöchheim ihre Sommerresidenz hatten, Grünkohl gegessen haben, weiß Frau Müller aber nicht.

Da es ja eine Sommerresidenz war, stand natürlich auf dem Mittagstisch der Fürstbischöfe kein Grünkohl. Grünkohl war, wenn überhaupt, für die Angestellten da, die das Haus über den Winter in Ordnung halten mussten.

Andererseits haben die Franken eine eigenwillige Einstellung zum Grün- und Palmkohl. Sie essen ihn, wenn sie ihn essen, als Wirsingkohl, halten ihn gelegentlich auch für Spinat, und die Fleischzutaten sind mal so und mal so. Es gibt in Franken kein Gesetz, auch kein ungeschriebenes, in dem diese für Bremer und Oldenburger überaus wichtige Frage grundsätzlich geregelt wird.

Ja, Frau Müller wusste sogar zu berichten, dass sie Grünkohl mit Ei und Zwiebeln angemacht und ihn als Frikadellen zubereitet und mit großem Vergnügen gegessen habe.

Nach diesem Gespräch bin ich ganz schnell in meine Stammkneipe gegangen und habe mir eine große Portion Kohl und Pinkel servieren lassen - mit allem, was dazu gehört.

Kohlfrikadellen!!!

Prager Braunkohl – auf bremische Art

Um das gleich zu sagen, in Prag wird normalerweise Grünkohl auf slowenische Art gegessen.

Er unterscheidet sich nicht wesentlich von Spinat. Und es gibt keine Regel, mit welchem Fleisch dieser Grünkohl-Spinat serviert werden muss.

Wenn man will, kann man ihn auch ohne Fleisch essen.

Also, ein ziemliches Durcheinander!

Vor vielen Jahren aber wurde die Pragerin Milena Vykusa nach Bremen verschlagen, was sie übrigens bis heute nicht bereut hat.

Es dauerte nicht lange, nämlich in ihrem ersten Winter in Bremen, da machte sie Bekanntschaft mit Kohl und Pinkel.

Es war Liebe auf den ersten Biss.

Heute ist Milena Vykusa eine leidenschaftliche Kohl-und-Pinkel-Köchin, die ihre Familie mehrmals im Winter mit diesem bremischen Gericht verwöhnt. Und nicht nur ihre Familie in Bremen.

Denn beim ersten Besuch in der Heimat nahm sie die notwendigen Zutaten mit, stellte sich in die Küche und begann Kohl und Pinkel zuzubereiten, was zunächst von den Prager Familienmitgliedern mit einer gewissen Skepsis aufgenommen wurde, obwohl sie aus sprachlichen Gründen nichts mit dem Wort »Pinkel« anfangen konnten.

Als dann aber die Kumme mit Kohl, die Kartoffeln und die Platte mit Fleischzutaten aufgetragen, die Teller gefüllt und die ersten Happen vorsichtig probiert worden waren, hellten sich die Gesichter der Prager auf und einer der männlichen Familienmitglieder sagte zu Milena: »Mädchen, was hast du für ein Glück, dass du in Bremen lebst!«

Wo Geishas Braunkohl servieren

Irgendwann hört es auf, gemütlich zu werden, wenn man sein Essen mit Stäbchen einnehmen muss. Und das gilt sogar für Japaner.

Bremer Geschäftsleute führten vor einigen Jahren in Tokio für ihre japanischen Partner ein jährliches Braunkohlessen ein. Es wird in einem Hotel serviert. Gegessen wird mit Messer und Gabel, was die Japaner jedenfalls nicht stört. Im Gegenteil, sie sind begeistert - nicht über Messer und Gabel, sondern über das Braunkohlessen.

Die Bremer wiederum müssen auf das in ihrer Heimat übliche Servierpersonal verzichten. Die Kohl- und Fleichplatten werden von Geishas hereingetragen. Auch nicht schlecht.

160 Pinkelwürste für Schanghai

Die Bremer verstehen es, ihr Nationalgericht Kohl und Pinkel weltweit bekannt zu machen. Seit dem Jahre 1993 gibt es eine alljährlich stattfindende Kohl-und-Pinkel-Fahrt in Schanghai.

Damals unternahmen drei Bremer, Peter Decu, seine Frau und eine Praktikantin der Firma Melchers, eine Kohlfahrt, die vom Hilton Hotel über die Hua Shan Lu in das damalige Heim der Decus führte – unter reger Anteilnahme der lokalen Bevölkerung, denn an jeder Ecke lenzten die Kohlfahrer einen guten Schnaps aus einem Eierbecher – eine nicht nur für Chinesen ungewöhnliche Trinksitte. Zu Hause wurde eine Dose Ammerländer Kohl und Pinkel geöffnet, und das Mahl begann.

Das war nun ein guter Anfang, der freilich ein bisschen darunter litt, dass auf dieser Bremer Kohlfahrt Ammerländer Kohl serviert wurde, wobei es nicht so sehr um den Kohl ging, sondern um die Pinkel.

Aus dieser ersten Kohlfahrt wurde eine »Tradition«, die von der Bremer Firma Melchers gefördert wurde. Der Kreis der Kohlfreunde vergrößerte sich. Im Jahre 2000 nahmen an der Kohlfahrt 60 Personen teil. Im Jahre 2004 waren es schon 150.

Hauptträger der Kohlfahrt sind inzwischen der Hotelier Peter Herweck und sein Team vom Mayfair Hotel in Schanghai. Herweck kennt Bremen und Kohl und Pinkel aus seiner Zeit im Bremer Hotel Plaza am Hillmannplatz, heute Hotel Marriott.

Unter den Teilnehmern der Bremer Kohlfahrt in Schanghai befanden sich nicht nur Bremer, sondern auch befreundete lokale Journalisten und der deutsche Generalkonsul Dr. Wolfgang Roehr. Es waren außerdem dabei Schweizer, Brasilianer, Inder, eine Kasachin aus Kasachstan, selbstverständlich auch eine Reihe Chinesen und - man kann es als Bremer gar nicht glauben - sogar Hamburger.

Um die 150 Kohlfahrtteilnehmer im Jahre 2004 satt zu kriegen, brauchten Herweck und seine Mannschaft zwölf Dosen Kohl à vier Liter, 160 Pinkelwürste, 250 Kochwürste und jede Menge geräucherten Speck - alles von der Fleischerei Sudmann aus Falkenberg, die diese Veranstaltung in jedem Jahr in hervorragender Weise unterstützt. Das gibt dann auch die Garantie, dass vor allem die Pinkel so schmeckt, wie es ein Bremer von zu Hause gewohnt ist.

Aber das ist noch nicht alles. Den 150 Kohlfahrtteilnehmern wurden 30 Liter Hochzeitssuppe serviert, und zum Schluss gab es 30 Liter rote Grütze.

Für die während des einleitenden Fußmarsches notwendige Stimmung sorgten 50 Liter selbst gemachter Saurer (es blieben nur drei Flaschen übrig), zehn Flaschen Bommerlunder, zehn Flaschen Jubiläumsaquavit und 16 Kisten à 24 Flaschen Bier.

Da war es natürlich kein Wunder, dass unterwegs mit großem Ernst und in leicht alkoholisiertem Zustand gespielt wurde: Eierlauf, Teebeutelweitwurf, das Weiterreichen von Gurken mit den Knien (Männer gegen Frauen - bei den Männern brach die Gurke ab) sowie das Makkaroni-/Spaghettieinfädeln mit dem Mund.

Zum anschließenden Essen gab es natürlich nochmals drei Fässer deutsches Bier, leider kein Bremer Bier, und weil das nicht reichte, wurden noch 90 Flaschen Tsingdao-Bier aufgetischt.

Fazit des Berichtes aus Schanghai: Es hat allen Spaß gemacht (auch den Hamburgern), und alle haben überlebt.

Braunkohl im spanischen Galicien

Ein Butenbremer, der seit dscharenden in Spanien lebt und mehrmals den Jacobus-Pilgerweg abgewandert ist, berichtet von einer Braunkohl-Begegnung in Galicien, dessen Hauptstadt die alte Pilgerstadt Santiago de Compostela ist.

Er geriet auf einer seiner Pilgerfahrten, die er mehr aus sportlichen Gründen unternahm, jedenfalls nicht so sehr aus einem religiösen Trieb heraus, in ein Restaurant, in dem als Tagesgericht ein »Caldo Gallego« angepriesen wurde.

Nachdem er sich durch Augenschein von der Zusammenstellung des Gerichts überzeugt hatte, glaubte er sich durch einen Zauberspruch in seine Heimat Bremen versetzt. »Caldo Gallego« erwies sich als Braunkohl, ähnlich allerdings eher einer Braunkohlsuppe, aber eben Braunkohl. Braunkohl mit weißen Bohnen, großen Kartoffeln und fettem Speck.

Der Butenbremer, dessen Glaubwürdigkeit über jeden Zweifel erhaben ist, bestellte das Gericht, wobei ihm das Wasser im Munde zusammenlief. Und kaum stand es vor ihm, langte er kräftig zu.

Sobald jedoch die erste Löffelladung Kohl seine Vorderzähne passiert und die Geschmacksnerven der Zunge berührt hatte, weiteten sich seine Pupillen. Er hatte Mühe, die Kohlladung artig hinunterzuschlucken, wobei er sich die Frage stellte: »Kann das sein?«

Vorsichtig tauchte er den Löffel erneut in die Suppe, probierte noch einmal, und - in dem Augenblick erkannte er, warum das Essen so scheußlich schmeckte. Der Speck war ranzig, also, ranziger ging es wirklich nicht.

Der Butenbremer, obwohl gut erzogen, guckte in die Runde.

An fast allen Tischen wurde »Caldo Gallego« gegessen. Aber niemand nahm Anstoß an dem ranzigen Speck.

Dann bist du an einen falschen Topf geraten, dachte der Butenbremer, wandte sich an den Gastwirt und reklamierte mit äußerster Vorsicht sein Braunkohl-Gericht.

Der Gastwirt verstand die Welt nicht. Ein volles Haus. Fast alle aßen »Caldo Gallego«, schmatzten zufrieden, und einer reklamierte. Das gab es doch gar nicht.

»Was ist daran verkehrt?«, fragte er den Gast.

»Der Speck«, antwortete der Butenbremer. »Der Speck ist ranzig!«

Da zog der Gastwirt seine Stirne kraus und meinte: »Wenn der Speck nicht ranzig wäre, dann - ja, dann wäre das auch kein ›Caldo Gallego‹«.

Spanien ist weit. Galicien liegt in der äußersten Nordwestecke das Landes. Dieses Buch wird vermutlich nie dort gelesen werden. Wir können also ganz offen miteinander reden.

Mitte des 11. Jahrhunderts nahmen sogar einige Bremer an dem zweiten Kreuzzug teil, der unter anderem auch von Bremen aus mit Schiffen nach Palästina führen sollte. Die Bremer schlossen sich einer Flotte aus flandrischen, englischen und deutschen Schiffen an, die sich mit Mühe durch die stürmische Biskaya quälten, wo die Seeleute notgedrungen den nächstbesten Hafen anlaufen mussten.

Palästina wurde vom Fahrplan gestrichen, zumal viele Schiffe nicht mehr seetüchtig waren. Man beschloss, an Land zu gehen und an das nicht so weit entfernte Grab des heiligen Jacobus in Santiago de Compostela zu pilgern. Jacobus war damals unter den Gläubigen sowieso »in«.

Man feierte in Santiago das Pfingstfest, befreite beiläufig die Stadt Lissabon aus den Händen der heidnischen Sarazenen, und die Bremer aßen die Reste ihrer heimatlichen Kost, die sie von ihren Schiffen heruntergerettet hatten.

Unter dieser Kost befand sich auch die Spezialität Braunkohl und Speck, der natürlich während der langen Reise ranzig geworden war.

Die Leute in Galicien probierten neugierig das ungewohnte Essen der Nordländer. Und wie das auch heute noch so ist - gucken Sie sich mal die Tischbestellungen beim Chinesen an: Das Fremde ist immer das Interessante.

Die Leute in Galicien besorgten sich von den Bremern, die ja immer wieder in den folgenden Jahrzehnten nach Santiago pilgerten, den Braunkohl, der damals noch ein richtiger Braunkohl war. Und fortan wurde in Galicien Bremer Braunkohl angebaut, wie wir ihn in Bremen gar nicht mehr kennen.

Die Köche in der Nordwestecke Spaniens richten den Kohl heutzutage mit weißen Bohnen an, was auf eine gewisse Verweichlichung des Geschmacks hindeutet, und mit Speck, der - wie in alten Bremer Zeiten - sehr fett und vor allem sehr ranzig sein muss.

Gönnen wir uns zum Schluss das spanische Rezept, das - abgesehen von den weißen Bohnen - möglicherweise die alten Bremer nach dort eingeführt haben:

Caldo Gallego (für vier Personen)

2 Liter Wasser,
250 Gramm weiße Bohnen
4 große Kartoffeln, die natürlich aus Galicien stammen müssen
1 großes Stück fetten und ranzigen Speck
1 Pfund Braunkohl

Guten Appetit!

Hermann Gutmann in der EDITION TEMMEN:

Bremer Bräuche ISBN 3-86108-156-3	7.90 €
Bremer Geschichte(n) ISBN 3-86108-158-X	8.90 €
Bremer Freimarkt ISBN 3-86108-170-9	8.90 €
Bremerhavener Erinnerungen ISBN 3-86108-166-0	8.90 €
Bremerhavener Geschichte(n) ISBN 3-86108-157-1	7.90 €
Ehe-Geschichten ISBN 3-86108-152-0	8.90 €
Ehegeschichten. Das Hörbuch. Kassette, 62 Minuten. ISBN 3-86108-162-8	9.90 €
Felix, seine liebe Frau Moritz und ... ISBN 3-86108-167-9	8.90 €
Felix und die alltäglichen Dinge ISBN 3-86108-150-4	9.90 €
Geschichten aus dem Radio ISBN 3-86108-159-8	9.90 €
Geschichten aus dem Schnoor ISBN 3-86108-161-X	8.90 €
Hat's geschmeckt ISBN 3-86108-153-9	8.90 €

Mit vollem Munde spricht man nicht
ISBN 3-86108-151-2 8.90 €

Opa-Pflichten
ISBN 3-86108-155-5 8.90 €

Paß' auf, daß du dich nicht bekleckerst
ISBN 3-86108-160-1 8.90 €

Roland mit de spitzen Knee
ISBN 3-86108-154-7 8.90 €

Roland und seine Brüder
ISBN 3-86108-173-3 9.90 €

Sagen und Geschichten aus Bremen
ISBN 3-86108-163-6 8.90 €

Sagen und Geschichten aus Bremen-Nord
ISBN 3-86108-164-4 8.90 €

Schmunzelgeschichten
ISBN 3-86108-165-2 8.90 €

Seemannsgeschichten
ISBN 3-86108-172-5 9.90 €

Wenn Ostern und Pfingsten auf einen Tag fallen
ISBN 3-86108-171-7 8.90 €

Worpsweder Geschichte(n)
ISBN 3-86108-169-5 9.90 €

Weihnachtsgeschichten
ISBN 3-86108-168-7 9.90 €

Weitere Titel in Vorbereitung:
Oma-Pflichten